À Yanne

CARROUSEL

Livre - V

Sok Chea

Michel LAMPLE

❧ Février 2023 ❧

Rév: V1.6.6 Février 2023

ISBN: 978-2-9585610-6-2

Dépôt légal : Mars 2023

Chapitre I

Tunnel

DEPUIS longtemps déjà, la Bête du Diable avait pris une grande place dans les pensées et le cœur de Hans Jacob. Cette place merveilleuse était tout ensoleillée de son souvenir, celui de son joli minois un peu sauvage ; de ses mots et de son caractère si pétillant ; du souvenir de ses mimiques quand elle était heureuse, tout comme quand elle était triste ou en colère ; et celui —enivrant— de son corps et son langage amoureux. Mais ce souvenir étourdissant était toujours terni de mille et une questions sur sa *nature*, de craintes sur ses réactions, et tout autant de doutes sur l'avenir que le jeune homme aurait pu construire avec elle.

Parce que si, aux yeux de Hans, la Bête était un être fascinant, à la beauté singulière autant qu'incomparable, à l'amour passionné —qu'elle déversait d'ailleurs en lui, comme un flot sans retenue— un être exceptionnel donc, la Bête n'en était pas moins étrange, *étrangère*, et inquiétante.

Si Hans ne pouvait s'empêcher de la croire sortie d'un rêve ou bien de ses habituelles *visions*[1], il gardait néanmoins le grain de sa peau sous ses doigts, le ton feutré de ses murmures à son oreille ; il sentait encore la douceur de ses lèvres sous ses baisers, son odeur, et jusqu'au frémissement de sa peau quand il y déposait sa bouche... Il avait encore à l'esprit toute la magie de son innocence, de sa joie débordante et de ses yeux complices quand elle se lançait à corps perdu dans leurs aventures.

Mais ces yeux-là étaient aussi ceux d'un animal soumis, d'un chien qui supplie, tout en restant ceux d'une bête sauvage et impulsive... Des yeux indéchiffrables dont il n'avait pas la clé de leur mystère, même si tant de fois, il avait cru lire en eux un appel, pour que lui, Hans, vienne la délivrer de son joug.

Elle comptait sur lui... il lui avait donné sa parole.

Alors bête ou femme ? Elle aussi se posait la question. Hans le savait et il était persuadé que, très courageusement, elle avait entamé ce long combat pour en devenir une : c'est à dire, une femme et rien qu'une femme. Mais son combat tournait court dès qu'elle devait retourner dans les limbes, dès qu'elle devait partir à la suite de son maître, Satan, et surtout parce que le monde de Hans, n'était toujours pas *son* monde.

---

1. Carrousel – Livre I : *Le Styx*

Pour lui, et pour son malheur, les semaines et les mois passaient sans un signe, sans un rêve, sans un songe où il aurait pu la revoir. Il n'y avait que des souvenirs sans rendez-vous ; des espoirs sans le moindre message qu'aurait porté le vent. Elle lui avait bien avoué combien il lui manquait, mais comme le temps *d'en bas* s'écoulait différemment du temps de la Vie —du temps du *Carrousel*—, il n'y avait pas d'horloge sur cette attente, pas de calendrier à l'absence.

Ses départs étaient des tickets sans retour ; ses retours n'étaient que sursis avant... le prochain départ.

** * **

Perdu dans ses pensées dont il n'arrivait pas à se soustraire, Hans attendait en tremblant de froid, dans l'obscurité d'un souterrain creusé en pleine terre. Il s'était adossé à un mur de glaise qui lui frigorifiait le corps, au cœur d'un étroit boyau étançonné à la hâte, et façonné par la pelle et la pioche des hommes dans une argile humide.

À l'emplacement qu'il occupait au milieu du tunnel, le profilé présentait une vague niche qui lui permettait de se tenir presque debout. De part et d'autre de sa position, on ne pouvait progresser dans le boyau que courbé, souvent à quatre pattes, en avançant —rampant— sur deux vagues planches maculées de terre.

À chacune des extrémités du tunnel, brillait une faible ampoule, suspendue au plafond, et dont Hans recevait la pâle lueur. Avec lui, dans cet univers monochrome, il n'y avait que le silence, total, propice à s'évader, surtout dans ses pensées.

Tout à coup, il entendit ramper non loin de lui : quelqu'un arrivait d'un côté. Il se pencha pour voir apparaître la tête du Docteur Gabriel, haletant après avoir fait, à quatre pattes, une vingtaine de mètres dans le boyau. Hans le regarda à peine qui émergeait du tunnel.

— Ça va ? demanda le Docteur en venant se redresser au côté du jeune homme.

Une fois debout, il prit soin d'étirer ses articulations, et de retrouver un peu du souffle abandonné à sa lointaine jeunesse.

— Mmh ? fit vaguement Hans.

— Rien... je demandais si c'est comme ça à chaque fois ?

— Excuse moi, j'étais ailleurs.

— Tu penses à... elle ? demanda le vieux bonhomme à l'œil malicieux.

— Bien sûr, répondit encore Hans avec un rien d'énervement dans la voix, même au fond d'un tunnel à Berlin, je ne peux m'empêcher de penser à elle !

Gabriel finissait de reprendre sa respiration, suffisamment pour dire à son tour :

— Je me souviens bien d'elle mon garçon, quand j'avais ouvert la porte du labo où j'avais abandonné ton corps sans vie : elle était là, debout. Elle avait fait tomber le sablier [2] et avait encore la main sur le meuble. Dans son regard, il y avait tellement de choses : de la

---

2. Carrousel – Livre I : *Le Styx*

méfiance, des questions, une supplique peut-être...
mais aussi quelque chose d'inhumain... un regard que
je n'oublierai jamais. Alors je m'étais penché vers toi :
tu étais dans un sale état, la peau déjà moirée de bleu, et
quand je me suis retourné vers elle... elle avait disparu,
évaporée. C'est là que j'ai compris d'où elle venait,
qu'elle ne pouvait sortir que de l'au-delà, et seulement
des enfers. Et c'est là, aussi, que j'ai vraiment cru en tes
histoires.

Hans n'en rajouta pas : il ne voulait plus penser à ces
choses si extraordinaires alors qu'il se trouvait comme
une taupe, dans un sordide boyau de glaise. Les belles
pensées, se disait-il, ne se nourrissent que de soleil, de
couleurs et de la chaleur de la création, pas de ses réseaux d'égouts. Alors, hâtif d'en finir, il se contenta se
soupirer :

— Bon, ils sont tous là ?

— Oui, ils devraient arriver maintenant, répondit
Gabriel en se penchant vers le boyau d'où il était sorti.

— Alors allons-y : tu files devant, et moi, je te les
envoie un par un. Mais n'oublie pas : s'il y a quoi que ce
soit...

— J'ai compris, garçon... je serai à la hauteur.

Le Docteur Gabriel grimaça de devoir encore cour-
ber ses reins perclus dans l'étroit souterrain humide qui,
quelque quarante mètres plus loin, devait déboucher
dans la cave d'un immeuble de Berlin-Ouest.

* * *

C'est lui qui avait insisté pour cette mission *de
terrain* : faire passer les candidats à l'ouest, via des sou-

terrains construits sous *le Mur* de Berlin. Hans avait eu beau lui répéter que ses compétences seraient bien plus utile aux réseaux résistants depuis le cœur de sa clinique, qu'à cela ne tienne, Gabriel était là, et il fallait faire avec.

Dès lors, Hans craignait beaucoup pour le vieux bonhomme, fatigué et ralenti par les âges. La *Sécurité d'État* avait ses espions partout et Gabriel risquait gros : les informateurs de la *STASI* étaient parmi les plus anonymes de chaque quartier. La délation était telle, qu'on pouvait se demander si les rats n'allaient pas se mettre à parler, histoire de grappiller à leur tour quelques miettes d'avantages !

Le cas échéant, il faudrait partir, fuir et courir pour rejoindre en toute hâte la prochaine planque. Parce que perdre un tunnel pour l'ouest, passe encore —on peut toujours en creuser un autre—, mais perdre tout un réseau d'amis, de gens de confiance si l'un devait être capturé, être torturé et passer aux aveux en dénonçant le reste de l'équipe, il n'en était pas question.

Le plus important, donc, était d'avoir toujours, et en toute circonstance, les solutions de repli si la police devait arriver.

C'est pour ça que Hans avait poussé le docteur Gabriel vers le bout du tunnel en lui répétant à l'envi : *« Au moindre problème, tu continues et tu sors côté ouest ! »* Ainsi son ami serait définitivement à l'abri !

* * *

Mais voilà qu'arrivaient les premiers candidats au *passage à l'ouest*.

— Bien, continuez, ne vous arrêtez surtout pas...
Allez, allez ! disait Hans en chuchotant, à chaque
homme, femme et enfant qui, en file indienne, lui
arrivait sur sa gauche, pour continuer plus loin sur sa
droite.

Un, deux trois... dix, onze... chacun en allait de son
petit « *Merci !* » avec un visage illuminé de se savoir
dans la dernière étape de leur calvaire.

On leur avait recommandé le silence absolu, mais ils
ne pouvaient s'empêcher d'un petit mot de remercie-
ment envers ceux-là qui, ils le savaient, risquaient leur
vie pour eux...

Jusqu'à ce que :

« *Et merde !...* » cria un vieux monsieur qui avait
glissé en se redressant dans la niche, et s'était lui-même
affalé sur sa petite valise. Celle-ci s'était ouverte sous son
poids, laissant échapper son contenu à grand bruit de
vaisselle et autres bibelots bien sonores. Et voilà que le
bonhomme continuait de râler haut et fort : « *Ah ! vive-
ment qu'on en finisse, c'est notre troisième tentative, j'en
ai marre...* »

— Chut, chut !... silence, ne faites plus un bruit !
chuchotait Hans en se penchant pour aider le bonhomme à récupérer son bien.

Il fallut de nouveaux jurons pour que l'homme
comprenne enfin ; tous les autres dans le tunnel s'étaient
arrêtés... les secondes passèrent, et enfin, Hans fit un
petit geste : « *C'est bon, continuez, mais plus de bruit
surtout !* »

Alors que son client disparaissait dans le dernier
boyau, la voix fluette d'une petite fille le questionna :

— Pourquoi on n'a pas le droit de faire du bruit, personne ne peut nous entendre ici ?

— Si justement ! chuchota Hans en se penchant vers elle, nous sommes juste sous le *no man's land* de la frontière, et il y a plein de micros plantés en terre, au-dessus de nous, et qui nous écoutent, alors... chut, compris ?

Tous le savaient : dans cette portion la plus cruciale de leur tunnel, il avait fallu creuser en silence, évacuer la terre en silence, et opérer aux passages des fuyards toujours sans faire le moindre bruit... la terre avait des oreilles ! Et ainsi, c'est dans le plus grand mutisme que Hans opérait maintenant, en aidant ses clients à passer d'un boyau à l'autre.

Mais tout en leur tendant la main pour sortir du premier conduit, il ne pouvait s'empêcher de se pencher, et de jeter on œil sur la petite ampoule qui luisait à l'extrémité du tunnel...

C'est qu'il le sentait de plus en plus... sa respiration s'accélérait... chaque seconde qui passait le rapprochait de...

Eh oui ! Soudain la lumière du fond se mit à clignoter : c'était un signal... Hans s'en doutait, mais il resta quand même paralysé, comptant les clignotements de l'ampoule : trois battements successifs et répétés...

Ils avaient été repérés !

* * *

Dans le tunnel amont, il compta qu'il ne restait que quatre personnes à devoir passer « *Vite, vite, filez !* »

leur cria-t-il en poussant ceux qui étaient déjà dans le boyau terminal. Aussitôt, un rideau d'inquiétude s'abattit sur ces visages, tous s'activèrent de leurs jambes ou de leurs coudes pour se pencher et aller s'enfiler le plus vite possible vers leur liberté. En toute hâte, Hans poussa les derniers jusqu'à ce que le flot des fuyards se tarisse enfin.

Avant lui, côté est, les équipes avaient dû se disperser, chacun ayant fui ou rejoint sa position de repli. C'était maintenant à son tour de sortir le plus vite possible, soit par le côté ouest —mais il n'en était pas question— soit par les voies détournées du tunnel.

Il remonta alors le boyau.

S'usant les rotules sur les planches du tunnel et cognant sa tête sur les madriers qui en soutenaient le plafond, il fit ainsi les quelques mètres qui le séparaient d'un secret embranchement : il fallait délicatement retirer quelques faux étançons, laissant apparaître un nouveau tunnel particulièrement étroit.

Mais alors qu'il se contorsionnait pour s'enfiler dans le nouveau boyau, il entendit le docteur Gabriel qui arrivait dans son dos en haletant !

— Gabriel ! mais qu'est-ce que tu fiches ici bon sang ? Je t'avais dit de partir à l'Ouest avec eux !

— Et pour y faire quoi ? répondit ce dernier qui arrivant juste derrière le jeune homme.

— Tu sais ce qu'ils te feront si tu es pris ?... Ahhh ! Bon, il est trop tard pour faire demi-tour, viens avec moi, il faut qu'on se magne avant qu'ils n'arrivent sur nous.

Et il invita le docteur à entrer avant lui dans le tunnel secret ; lui, fermerait la marche et dissimulerait le passage derrière eux.

— Ça n'est pas de tout confort, dit-il au docteur en lui confiant sa lampe de poche, mais ça nous permettra de sortir par une autre planque...

* * *

Presque une heure après... c'est-à-dire, après une centaine de mètres à ramper dans un boyau étroit à moitié gorgé d'eau, puis une sortie laborieuse dans la cave à charbon d'un immeuble voisin. Après une course de plusieurs kilomètres dans la ville en longeant les murs des ruelles sans éclairage... et après que Gabriel eût craché sang et eau pour suivre le rythme du jeune Hans « *Mais attends moi donc... je n'ai pas tes jambes moi !* » ils parvinrent à une taverne où ils retrouvèrent leurs camarades.

Faisant mine de rien, et essayant de se débarrasser de la boue dont ils étaient couverts, ils s'installèrent avec quatre autres jeunes gens autour de leur table ronde, celle qui se trouvait un peu à l'écart, tout au fond du bar.

À peine éclairé par de vieilles ampoules basses, le recoin était entouré de vagues tapisseries au velours passablement attaqué par les mites, mais encore assez lourd pour absorber l'essentiel de leurs discrètes conversations. C'était là, une des nombreuses places où ils avaient l'habitude de se retrouver pour concevoir et mener leurs opérations, mais aussi pour se retrouver, dans le cas —loin d'être improbable— où ces opérations devaient échouer.

Enfin, d'un geste adressé au comptoir, ils commandèrent leurs bières, et Hans compta avec satisfaction que tout le monde était bien là.

— Ouf, il s'en est fallu de peu ! disait l'un.

— On en a perdu beaucoup ? demandait un autre.

— Six ou sept qui n'ont pas réagi assez vite quand on a reçu le signal, répondait un dernier, mais ils ont pu partir avant l'arrivée de la police.

Mais le quatrième s'était penché vers Hans tout en pointant du doigt le vieux Docteur Gabriel :

— Pourquoi il est avec toi ? Il ne devait pas continuer jusqu'à l'autre côté pour ne pas se retrouver impliqué au cas où...

— Impliqué dans quoi ? interrompit aussitôt Gabriel, énervé.

Mais en levant la main, Hans les arrêta : « *Chut ! Restons discret...* » Alors le Dr Gabriel reprit en se penchant vers l'étudiant :

— Moi je ne demande qu'à être impliqué mon gars !

— Ça n'est pas ça dont je parle Docteur, reprit ce dernier, je parle de vos jambes qui vous empêchent de courir, quand votre langue ne vous empêchera pas de parler... si vous voyez ce que je veux dire !

Le docteur se redressa :

— Oh, t'inquiète pas pour ça mon gars, moi, je n'ai rien à perdre que je n'ai déjà perdu... tandis que vous...

Changeant de sujet, un autre posa discrètement la question qu'ils avaient tous en tête :

— Bon sang, mais qui a eu l'audace de nous lâcher ?

— Ça peut être n'importe qui, répondit Hans, mais je crois surtout qu'on a fait trop de bruit.

— On a fait trop de bruit ?... pendant le passage ?

— C'est ça : quelqu'un est tombé et a crié... largement suffisant pour nous faire repérer par leur réseau de micros.

— Non, ça ne peut pas être ça, protestait l'un des étudiants, il leur faut près d'une heure pour arriver dans ce coin, or ils sont arrivés très vite, je les ai vus. Moi, je le dis : on a été dénoncé.

Hans respira en faisant la moue :

— Je n'en suis pas si sûr, peut-être qu'ils patrouillaient par là quand ils ont été alertés. Toujours est-il que c'est heureux que nous ayons tous pu fuir à temps.

Mais l'un des jeunes gens, sans doute un peu exalté, demanda encore innocemment, et sans détacher ses yeux de sa bière :

— Mais dis donc Gabriel, toi, tu n'aurais pas envie de te refaire une place dorée auprès du pouvoir par hasard ?

— Arrête, ça n'est pas lui, lâcha Hans, ça peut être n'importe qui, même quelqu'un de ce bar !

Tous s'arrêtèrent pour regarder silencieusement autour d'eux. Dans l'obscurité du bar, à part un couple d'amoureux qui n'avaient comme pré fleuri que ce lieu sordide pour déclarer leur amour, il n'y avait que deux ou trois poivrots, et à peine plus de travailleurs du soir. Tout ces figurants de la nuit étaient résolument silencieux, ou à défaut, chuchotaient à voix basse ; parce que si la parole était déjà suspecte au grand jour, même le silence avait fini par le devenir la nuit. Alors c'est bien dans ces antres les plus reculés du *système* qu'il fallait se réfugier, pour s'autoriser à protester dans des soupirs et dans les effluves de quelques pets et rôts sonores, sans risquer d'être aussitôt inquiété.

— T'es doué pour voir beaucoup de choses Hans, continua l'étudiant, mais es-tu sûr de lui à ce point ?

C'est le docteur Gabriel qui répondit :

— Je vais te dire une bonne chose, garçon, cette *place dorée* comme tu dis, ça n'est rien à côté de ce qui t'attend de l'autre côté si tu devais trahir. Plutôt mourir tout de suite que de risquer l'enfer.

— « *De l'autre côté* » qu'est-ce qu'il veut dire ? demandait l'un des jeunes alors que le premier étudiant riait déjà en prenant ses copains à partie :

— Peuh, écoutez donc le vieux !

— Espèce de mécréant, fit encore Gabriel en se levant, je sais, moi, ce qui m'attend déjà pour ce que j'ai fait... Je le sais très bien et je te jure que ça n'est pas joyeux : non, l'enfer n'est pas une aimable plaisanterie. Alors puisque j'ai déjà un pied dans la damnation éternelle, sache que je n'en veux pas un second... certainement pas !

Chapitre II

Sok Chea

L A DAMNATION éternelle, justement... À ce propos, rappelons —un peu pour nous rassurer— qu'il n'est pas dans les habitudes de Satan de monter en personne dans le monde des vivants pour prendre livraison de l'âme de ses futurs pensionnaires. Tout simplement, parce qu'en application d'une loi très fiable de la mécanique humaine, c'est de leur propre gravité que les âmes damnées descendent vers le lieu de leur tourment éternel !

Sauf que ce soir-là...

* * *

Ce soir-là, quelque part au Cambodge, au cœur du camp S-137 des Khmers-Rouges...

Après une dure journée dans son camp, le chef *Sok Chea* regagnait enfin ses quartiers. Son pas était lourd, chargé d'une longue journée de travail pour maintenir la discipline de fer qui convenait à son organisation, pour contrôler, un à un, l'avancement des chantiers, surveiller les cours de rééducation collective, autant qu'individuels, —ces derniers à coup d'interrogatoires forcés— ainsi que de tortures idoines, voire des exécutions sommaires auxquelles il s'obligeait à assister en personne.

Tout en passant entre les cabanes maintenant silencieuses, et saluant de-ci de-là quelques gardes avec sa baguette de commandeur, il savoura un instant sa fierté d'avoir réussi à monter de toute pièce ce camp modèle, à l'obédience résolument Khmer-rouge ; d'avoir pu rendre compte à ses supérieurs de l'application stricte de la doctrine du *Kampuchéa démocratique*, en matière de rééducation des esprits déviants, et de la sauvegarde du peuple par l'élimination systématique des plus réfractaires d'entre eux.

Dans son camp, il y avait aussi le baraquement *spécial-enfants*, celui-là qu'il dépassait maintenant, et d'où lui provenaient encore les gémissements de gamins au désespoir. À cette heure crépusculaire, les petits étaient remisés dans une fosse creusée en pleine terre, sous le plancher de la baraque, dans l'espoir qu'on ne les entendît plus pendant la nuit. Précaution insuffisante pour Sok Chea, qui pestait à chaque fois qu'il passait devant et qu'il entendait leurs plaintes. Alors qu'il pouvait enfin regagner sa case, et que sa journée à lui était finie, il pouvait bien en être de même pour tout le monde non ?

Ah ! et puis ces *ré-éduqués*, infichus de monter correctement un bardage de planches autour de ce trou : ils avaient laissé des fentes entre les planches, sous le prétexte que les petits avaient quand même besoin d'air. Mais quand l'air passe, le bruit aussi... les imbéciles !

Il faut dire que ce baraquement était classé « *important* » par le Parti communiste du Kampuchéa, au motif que, depuis plusieurs mois, une équipe de branquignols du parti y menait des tentatives pseudo-scientifiques pour faire naître la "*Parfaite Jeunesse*" du nouveau peuple Khmer. Il s'en suivait des reproductions forcées, des accouchements forcés, la transformation des corps et des esprits, tout autant forcée par le génie de la chimie, de la biologie, et des manipulations physiques, corporelles et psychologiques en tous sens.

Mais —et on devait s'en douter— rien ne sortait de ces terribles expériences, sinon d'atroces souffrances, rapidement suivies de leur lot de blessés, de malades puis de cadavres.

Pourtant, le chef Sok Chea persévérait : « *Si ça échoue, c'est bien que les essais n'ont pas été poussés assez loin !* » justifiait-il avec ce simplissime concept d'alchimie logique qui sera si souvent à l'œuvre chez tellement d'esprits primaires.

Mais sans cesser de bougonner sur tous les manquements autour de lui, sur l'incompétence de ses lieutenants et la stupidité chronique du peuple dont il avait la charge, le voilà qui arrivait enfin à sa case. C'était l'une des rares baraques du camp à avoir le fronton éclairé par la faible lumière d'une lampe à pétrole. Rare aussi était le privilège dont il jouissait en tant que chef, puisque l'habitation lui était exclusivement dédiée.

Une fois rentré dans l'unique pièce, déjà éclairée par une lampe suspendue au plafond, Sok Chea se débarrassa de sa casquette, de sa baguette, puis de son ceinturon après en avoir sorti son pistolet d'ordonnance. Il le déposa précautionneusement sur son bureau, qu'il contourna, avant de s'y asseoir. Devant lui attendait son repas du soir à peine tiède : un bol de riz avec quelques morceaux de poulet, quelques fruits, et une pinte de bière de riz.

Tout en s'épongeant le front, il se servit d'abord à boire, mais en levant le menton pour avaler la première gorgée, il aperçut dans l'ombre à l'autre bout de la pièce, la masse d'un homme, assis, et qui le regardait...

Il en recracha le contenu du verre.

* * *

« *Bon sang...* » disait-il en se penchant pour attraper son arme qu'il pointa aussitôt vers l'homme...

— Vous-là, que faites-vous ici ?

Mais depuis l'ombre, l'homme se contenta de monter ses deux mains dans la faible lueur de la pièce, montrant ses poignets liés par une paire de menottes.

— Qui êtes vous ? rajouta encore Sok Chea en se levant de son bureau.

L'homme finit par répondre, d'une voix lente et très grave :

— On m'a dit de vous attendre ici... Vous n'êtes pas au courant ?

Pris d'un énervement compulsif, Sok Chea remua son pistolet :

— Qu'est ce que vous racontez ! Bien sûr que je suis au courant !

Mais en face de lui, l'étrange prisonnier, de surcroît solidement menotté, semblait totalement inoffensif et ne paraissait pas devoir présenter le moindre danger. Alors, après quelques secondes qu'il lui fallut pour reprendre ses esprits, Sok Chea se résolut de baisser son arme, redressa son torse de paon en parade, et revint ostensiblement s'asseoir devant son bol de riz... pour lequel il ne se trouva soudainement plus aucun appétit.

En lui, montait une immense vague de lassitude. Évidemment qu'il ne se souvenait pas pourquoi il avait fait venir ce prisonnier, il n'arrivait même plus à trouver le commencement d'une explication. Il lui serait facile de reprendre l'arme posée à côté du bol, et de lui tirer une balle dans la tête, comme il l'avait fait tant de fois, dès qu'il s'était lassé de la situation ; mais il se dit surtout que le sang ferait tache sur le parquet, et que ça le gonflait d'avance de devoir faire venir quelqu'un pour laver tout ça et le débarrasser d'un cadavre juste avant d'aller dormir.

Mais ce qui le rebutait par dessus tout, c'était d'entreprendre un interrogatoire à une heure pareille ! Alors il chercha vaguement autour de lui le dossier du prisonnier, ou quelque chose —même un mot— qu'on aurait déposé pour lui sur son bureau... en vain. Il appela le garde... appela encore une seconde fois, mais personne ne vint non plus ; c'est vrai qu'il avait demandé qu'on le laissât tranquille.

Dans l'ombre en face de lui, l'homme en chemise blanche ne bougeait toujours pas, ne disait rien, ne manifestait aucun sentiment, ni de peur, ni de haine... bien différent de ce dont il avait l'habitude !

Sok Chea jugea alors que toute la paperasserie et toutes ces formalités administratives pouvaient bien attendre. Aussi, tout en se remettant à ses baguettes et à son bol de riz, il fit un rapide signe de la main à l'intention de son prisonnier, quelque chose comme *"approchez..."* et qu'il dut même répéter histoire de se faire vraiment comprendre :

— Venez, venez donc !

À l'autre bout de la case, l'homme se releva lentement —il était immense— et prit le dossier de sa chaise dans les mains pour faire avec, la traversée de la pièce. Puis, à moins d'un mètre du bureau, il se rassit tout aussi calmement.

C'était le Diable, avec son éternel pantalon noir à pince, chaussures impeccablement vernies, et sa chemise blanche, ouverte de quelques boutons, parce qu'il détestait ce trop de chaleur tropicale. Il avait un regard dénué de la moindre expression, constamment rivé sur son hôte, et paraissait devoir attendre avec quelque lassitude.

Après deux nouvelles bouchées d'un riz trop fade et trop gluant, Sok Chea se redressa enfin vers son homme, d'abord surpris de la taille de son prisonnier : un colosse, élégamment vêtu, au visage bien bronzé, aucunement émacié, et sans les marques habituelles des prisonniers du camp ; le bougre portait même une élégante moustache ! Dans ce regard, il n'y avait rien de ce qui faisait l'ordinaire de ses détenus, à savoir : la peur, voire la rage ou la défiance.

— Mais vous êtes un Occidental ! finit par dire Sok Chea... Espagnol ?

— Mmmh, plutôt italien ! répondit l'autre quelque peu froissé.

— Ah...

Il semblait difficile à Sok Chea de soutenir le regard de cet homme à la voix si grave et aux yeux si pénétrants. Dès lors, la confrontation visuelle ne dura que quelques secondes avant qu'il ne se détournât sous le prétexte de se remettre à son bol de riz.

— Bon alors, dites-moi... que faites-vous ici ?

Mais rien ne vint en retour ; Sok Chea fit semblant de manger avec appétit.

— Journaliste ?

Toujours rien. Sok Chea se gratta l'oreille avec sa baguette, jeta un œil par la fenêtre puis décida de s'étendre dans sa chaise en croisant ses mains sur son ventre :

— Ça me fatigue tout ça. De toutes façons nous allons vous tuer. Journaliste ou pas, vous n'avez rien à faire ici, et encore moins à en repartir vivant alors... la question n'est pas de savoir ce qu'on va faire de vous, mais plutôt : *quand*.

Encore un silence... Sok Chea reprit ses baguettes, en même temps que son monologue.

— Comment êtes-vous arrivé jusqu'ici ? Tout autour ça n'est que jungle, des marais et de la flotte, ou bien des sentiers de forêt minés, alors je suis curieux de savoir par quelle route vous êtes venus.

Puis, tout en mastiquant et en pointant ses baguettes vers les vêtements de son interlocuteur, il rajouta, histoire de manifester une pointe d'humour :

— Vous tombez du ciel peut-être ?

Le Diable pouffa d'un rire contenu, et Sok Chea soupira encore.

— De toutes façons, on a tout le temps... Vous avez faim ?

— Je ne connais pas bien votre cuisine, finit par reconnaître le Diable.

— C'est dégueulasse, alors je vous le laisse, fit Sok Chea en poussant son bol et les baguettes devant lui.

Mais en face, le Diable se contenta de relever ses mains au-dessus de la table, menottes bien en évidence.

Sok Chea eut un moment d'hésitation, d'autant plus que son homme était tellement plus grand que lui. Mais il se dit que puisqu'il était *Chef*, il devait l'être encore à ces heures... et l'assumer au moins dans son comportement. Alors, après avoir ramené à lui le pistolet en le faisant glisser sur la table, il tendit les bras pour déverrouiller les menottes de son prisonnier.

Satan prit les baguettes d'une main, le bol de l'autre, et il goûta une première bouchée, lentement, tout en regardant vers le plafond. Puis il reposa le bol avec ses baguettes, délicatement alignées au-dessus.

— Je voyais ça plus relevé.

— Tout est fade ici, répondit Sok Chea qui était revenu s'étendre dans sa chaise, et je suis désolé mais vous n'aurez pas plus : ni alcool ni cigarette avant de mourir... Vous ne voulez toujours pas me dire ce que vous faites ici ?

En face, le Diable avait repoussé le bol de quelques centimètres en le faisant glisser sur la table, puis, sans prononcer un mot, il croisa les mains sur le bureau.

— Oh, qu'importe que vous me répondiez ou pas, continua Sok Chea, vous serez torturé puis tué.

Encore une fois, le Diable restait muet. Devant lui, son hôte croisait les bras avec son arme toujours en main ainsi que sa baguette de commandeur —comme un pharaon croise ses sceptres— et il prit une profonde inspiration avant de se lancer dans une tirade :

— Vous pourriez me dire qu'étant au fait de votre mort imminente, vous allez nous raconter n'importe quoi, ou bien rien. Eh bien non ! J'ai remarqué que même si leur mort est promise et garantie, les hommes avouent tout... tout et surtout la vérité, dans l'infime espoir d'être sauvé par leurs aveux. C'est très curieux... et vous le verrez vous-même.

Satan inclina la tête avec intérêt... mais resta muet.

— Si si, reprit Sok Chea, je crois avoir remarqué que, quand c'est la tête qui dirige, l'homme garde une certaine aristocratie d'âme qui lui fait accepter la mort sans sourciller, comme les aristocrates de la révolution française devant la guillotine. Mais sous la torture, la douleur réveille notre vie animale, nos instincts de survie. Notre raison s'efface au profit d'un sauve-qui-peut bestial : il faut survivre même s'il n'y a aucun espoir. Alors on avoue tout parce que c'est l'animal qui dirige à ce moment-là, et non plus la tête ! Curieux non ?

Le Diable dodelinait doucement. Sok Chea poursuivit avec entrain, persuadé d'avoir un public à la hauteur de ses *leçons*, bien différent des minables paysans qui faisaient son quotidien :

— Chez certains ça vient vite, d'autres non... mais ça se produit inéluctablement, il suffit de pousser la torture toujours plus loin. Et je vous dis ça par pure observation scientifique !

— Vous observez les hommes ? fit enfin le Diable.

— Bien sûr, répondit Sok Chea, enfin enchanté que son monologue trouvât du répondant, mais aussi, enchanté de cette *interview* factice où il lui était surtout donné de flatter son ego.

Le Diable reprit alors :

— Vous observez les hommes comme on jette un œil au travers d'une éprouvette !

Sok Chea répondit avec enthousiasme :

— Les hommes ne sont rien d'autre que des sujets d'expérience, et je dis ça aussi pour moi : je ne suis rien d'autre qu'un sujet qui s'amuse de ses petites expériences par-delà la vitre du labo. Sauf que je suis de l'autre côté de la vitre... Tout comme le lion est du côté où il lui est donné de dévorer la gazelle, et la gazelle est dévorée par lui. Chacun est à sa place, et moi à la mienne... du côté de ce revolver... vous comprenez ?

— Sauf que si le lion tue, il ne torture pas pour autant, est-ce à ce point nécessaire à votre existence ?

— Tout à fait, et pour moi, c'est un choix personnel.

— Je voulais dire : nécessaires à votre nature humaine.

— Mais oui ! Je ne limite pas ma nature humaine à sa condition animale de bouffeur de riz. Moi, je m'élève au rang de prédateur humain !

— Nous y voilà ! fit doucement Satan avec un brin de satisfaction.

— Quoi, « *nous y voilà* » ?

En relançant la question, Sok Chea relançait un débat qui, certes, était sadique, mais surtout à sa mesure. Il jubilait déjà.

— Vous savez, on peut se révolter contre ses conditions d'existence, et c'est légitime, expliqua le Diable, par contre, se révolter contre la condition humaine qui vous a été offerte de naissance...

En souriant, Sok Chea se repoussa bien profondément dans sa chaise :

— ... c'est ne pas accepter la création divine, c'est ce qui me distingue de tous les autres, là, dehors et de vous aussi sans doute. Mais vous avez raison : quelque part, je suis mon propre dieu.

Satan, manifestant de la déception, fronça les sourcils :

— Non !

— Comment ça, non ?

Et en se penchant en avant, le Diable regarda Sok Chea bien fixement dans les yeux :

— Vous faites erreur : ça n'est pas Dieu que vous aspirez à être, mais votre propre démon, et ça... c'est pas possible !

* * *

Soudainement, dans le cerveau de Sok Chea, se produisit une révélation : le temps s'arrêta, le noir se fit autour de lui, accompagné d'un bruit de tonnerre secouant toute la case ; tout autour n'étaient qu'éclairs, et leur souffle brûlant...

Il n'était plus sur terre, mais quelque part dans *l'ailleurs*, il en était sûr.

Et en un instant, la manifestation satanique de son prisonnier apparut à Sok Chea comme une évidence ; il en fut immédiatement convaincu : cet homme-là, devant lui, c'était le Diable, le Diable en personne !

Quand il rouvrit les yeux, la tempête qui s'était déchaînée un instant dans sa tête, avait cessé. Dans le calme de la nuit tropicale et dans la faible lueur de sa case, il découvrit Satan, debout devant son bureau : il avait retrouvé sa cape noire et enfilait lentement ses gants blancs ; sa chemise était renouée jusqu'à un élégant nœud papillon, et sur la table attendaient son chapeau avec sa canne.

Sok Chea restait pétrifié d'effroi autant que de fascination : son corps entier, chacune de ses fibres et de ses cellules reconnaissaient la nature de celui qui était là, en face de lui... Sa chair ne pouvait se retenir de trembler d'une peur indicible.

— Vous allez me tuer ? arriva-t-il enfin à prononcer.

Satan reprit sa canne...

— Inutile, répondit-il, j'avoue que je ne suis jamais pressé d'écourter les vies humaines d'où elles viennent. Nous aurons tellement de temps après, alors pourquoi précipiter votre éternité en enfer ?

Satan se voulait aimable et rassurant. Il revint s'asseoir essayant même un trait d'humour :

— Les hommes sont parfois incohérents : pourquoi vouloir punir son ennemi en rallongeant la perpétuité de son trépas ? Ah ah ah !

Mais Sok Chea n'y était pas. Alors que le Diable s'installait confortablement, il essaya :

— Alors vous êtes venu me torturer à votre tour ?... après tout ce que je vous ai dit !

— Mais non voyons, fit le Diable étonné, vous m'imaginez, moi, punir ceux-là même qui alimentent mon fonds de commerce ?... Non, je suis simplement venu vous chercher... Alors appréciez, s'il vous plaît, le déplacement !

Et de sa canne, il poussa distraitement le bol de riz vers son hôte : « *Mais je vous en prie, puisque j'y suis, nous avons tout le temps !* »

* * *

En face du Diable, Sok Chea avait machinalement pris le bol de riz et les baguettes, et lentement, sans jamais quitter le personnage des yeux, avalait bouchée sur bouchée.

On nous dit volontiers, que la peur de la mort n'est que l'expression d'une ultime jalousie de voir les joies de l'existence s'éloigner et disparaître au seul profit de ceux qui restent. Mais jamais, Sok Chea n'avait aimé la vie et ses plaisirs. Jamais il n'avait été versé dans l'imitation de ses semblables, jalousant leurs possessions, leurs biens, ou leur femme. Son idéal, son remède quotidien à une vie desséchante, ne résidait que dans la possession *ad nauseam,* de leurs tourments, leurs frayeurs et leurs souffrances.

Mais rien de cela ne pouvant s'acheter sur les comptoirs de Phnom Penh, si ce n'est le meurtre et la torture —dans sa jeunesse— de quelques prostituées de la capitale, dès lors Sok Chea ne voyait-il rien à regretter de l'existence.

Qui sait, même, si la mort n'allait-elle pas lui offrir un nouveau territoire, où tout lui serait permis ? C'est bien la question qui brillait dans ses yeux quand il regardait le Diable en face de lui.

À défaut de réponse personnelle —si ce n'est de faire un pari sur la mort— la nature combattante de Sok Chea refaisait lentement surface et reprenait le dessus sur ses premières frayeurs. Et puisqu'il avait toujours trouvé bien pauvres les hommes qui s'encombrent de croyances ou de mythes, cette confrontation inédite avec Satan n'était plus une reddition de son âme arrivée à sa dernière heure, mais un défi à la hauteur de toute son existence passée, entre autre, à combattre tous les dieux.

Alors Sok Chea se redressa et demanda maintenant avec un rien de malice :

— Et... si j'avais droit au pardon ?

Mauvaise pioche, semblait penser le Diable qui fit aussitôt la moue :

— Ah ! hélas non, mon cher. Parce que s'il est vrai que les péchés peuvent être remis, ils peuvent aussi ne pas l'être ! Et je suis désolé, mais il y a beaucoup d'âmes qui ont crié haut et fort pour que les vôtres ne le fussent pas ! Je crains donc que vous ne puissiez vous absoudre de vos actes, si tant est que vous le souhaitiez vraiment.

Mais cette petite bataille perdue n'en était pas pour autant la guerre ! Sok Chea baissa de nouveau le regard vers son bol, et soupira sans pour autant s'avouer vaincu, à la grande satisfaction de Satan d'ailleurs.

Il recommença donc à, lentement, manger son riz, puis se redressa et dit encore une fois, dans sa superbe :

— C'est vrai que j'assume... Je reconnais mes fautes, je reconnais que j'ai fait le plus grand des crimes...

— Oh, crimes, crimes... Loin de moi l'idée de décharger les hommes du poids de leur propre vie, mais comme vous y allez, « *crimes* », tout ça, c'est relatif !

— « *Relatif !* » Ah ah, mais que dites-vous là ?

— Bien sûr, expliqua le Diable d'un ton blasé, le *crime* est un concept des sociétés humaines, qui n'établissent des morales que pour leur cohésion. Tout dépend donc du juge que vous avez en face. Alors, tuer son prochain, violer femmes et enfants, peuh !... broutille que tout cela, puisque pour le système, le plus grand des crimes, c'est d'abord le reniement de sa doctrine, pas de ses alinéas... Renier le dogme à son commencement, ça, c'est un crime de lèse-majesté, et j'en connais bien un qui pourra en témoigner ! Mais vous en êtes loin mon cher, puisque vous êtes pile dans les clous —hum, pardon—, je voulais dire, pile dans la doctrine de vos pairs, de vos semblables. Alors, crime... la belle affaire !

Tout en mangeant très machinalement, Sok Chea écoutait avec la plus grande attention, savourant presque la joute verbale qui l'opposait dorénavant à un adversaire enfin à sa taille. Il partit d'un petit rire découvrant toutes ses dents :

— Ben alors quelle serait ma grande faute à moi qui justifie votre présence ici ? demanda-t-il encore comme dans un défi.

— Ah, mais cher monsieur, vous ne sauriez croire à quel point vous m'êtes très ordinaire. Je suis simplement venu vous chercher, comme je viens en chercher tant parmi vous. Quant à vos fautes, ça n'est pas mon problème.

— « *Pas votre problème ?* » Mais alors pour quelle raison devrais-je vous suivre si ce n'est pas pour mes crimes ? commença de s'énerver Sok Chea

Et comme Satan ne lui répondait pas, le tortionnaire poursuivit, toujours plus impatient :

— Ça veut dire que vous considérez que la torture des innocents ça n'est pas grand-chose ?

Satan haussa les épaules... l'autre continua :

— J'ai... j'ai tué d'une balle dans la tête, des hommes que je croisais sur le chemin de ma case, et ce, sans raison aucune... Vous dites que ça n'est rien ?

— Bof...

— Et j'en ai tué d'autres encore parce qu'ils étaient comme ci ou comme ça, ou à cause de leurs mains... J'ai ordonné qu'on liquide mes frères et sœurs, à moi... et... et les enfants ? Vous avez entendu les enfants dans la baraque plus loin ?...

Satan suivait du regard la direction qu'indiquait Sok Chea qui, baguettes toujours à la main, tremblait en désignant le baraquement des enfants. Mais en réponse, le Diable se contenta d'une infime inclinaison de la tête. Le tortionnaire poursuivit :

— Vous savez combien sont mort de mes propres mains ? Et pas de la manière la plus douce hein ? d'ici même, je les entendais gémir toute la nuit, saignés à blanc, empoisonnés, torturés eux aussi... Et vous dites que tout cela n'est rien ?

Et il postillonnait à foison son riz que, d'énervement, il avalait goulûment entre chaque tirade... Mais Satan ne répondait toujours pas, dodelinait, haussait les épaules, et maintenant, cherchait ses allumettes dans ses poches en écoutant distraitement.

— J'ai forcé ces enfants à tuer leur père et leur mère, hein qu'en dites-vous ? Ah ah ! Alors, dites-moi, pour quelle autre raison, moi Sok Chea, moi un tortionnaire comme vous n'en avez jamais vu, pourquoi moi, je devrais vous suivre en enfer ?

Devant lui, Satan s'était allumé un cigare, tira une première bouffée, et dit tout en considérant son Havane :

— Parce que vous allez m'y précéder.

Sok Chea resta quelques secondes totalement interdit...

Immobile...

Avant de se rendre compte que ses goulues bouchées de riz, gras et mal cuit, étaient tombées lui obstruer les bronches...

Chapitre III

Damnation

AU BORD du fleuve des morts, il n'y a ni quai ni berge, autrement marqués que par quelques herbes atones et autres roseaux s'élevant paresseusement au-dessus d'un sordide marécage. C'est là que *Sok Chea*, le nouveau pensionnaire des enfers, attendait avec le Diable, que sorte de la brume, la barque du passeur qui le conduirait jusqu'à la rive des âmes damnées.

Vêtu d'une longue chemise de lin gris, l'homme se tenait impassible sur la berge, les épaules rentrées et le visage déjà émacié... et s'il avait le regard vide, il était néanmoins empreint d'une sombre résolution. Dans son dos, le Diable l'observait d'un air grave, tout en jouant de-ci de-là, avec le bout de sa canne dans les herbes.

Enfin, apparut la barque du Charon, glissant silencieusement sur les eaux noires et dormantes du fleuve des morts, poussée hors du brouillard par les lents mouvements de la longue perche du passeur. L'embarcation de vieux bois, qu'on eût volontiers qualifiée *d'épave*, vint enfin se ficher dans les herbes du marais, jusqu'à s'immobiliser aux pieds de l'homme.

Aussitôt, le passeur s'avança vers Sok Chea et tendit sa main de squelette pour réclamer son dû. Derrière l'homme, le Diable pouvait voir son client enfouir la main dans son unique poche pour en sortir une pièce d'or —le prix de son âme— et sans même prendre le temps de la regarder, et encore moins le temps de l'hésitation ou des questionnements, il abandonna résolument la pièce dans la main du passeur.

Le visage de Satan s'éclaircit :

— Ah ! c'est bien, dit-il en s'avançant aux côtés du tortionnaire. J'avais, cher ami, un doute sur votre volonté d'aller en face, mais vous dissipez d'un coup toutes mes inquiétudes !

Sok Chea ne répondit pas, grimpa dans la barque sans se retourner, et sans daigner s'asseoir, resta debout comme une statue pour toute la traversée. Dans son dos, le Diable avait dignement retiré son chapeau, et le suivait du regard, avalé par le brouillard.

* * *

En face, c'est-à-dire du côté du repos —si on peut dire— des âmes damnées, du moins, de leur séjour dans la damnation éternelle, l'embarcation du passeur sortit de la brume juste au pied de la Bête qui attendait déjà son nouveau pensionnaire.

Chose rare, elle avait troqué sa sévère tenue habituelle de cuir noir et étriqué, pour un habillement tellement plus féminin : un chemisier tout en couleurs qui dessinait un véritable arc-en-ciel sur le gris monotone des enfers ; elle portait aussi de fines chaussures, ainsi qu'une longue jupe, de surcroît fendue sur le côté !

C'est que, depuis quelque temps déjà, la Bête prenait un soin particulier à s'embellir. Elle s'était même organisée des séances d'essayage sur son *rocher* : ce tumulus de lourdes pierres s'élevant au-dessus de la plaine des enfers, et d'où elle faisait, par son hurlement, régner sa terreur de Bête. Il se trouva donc que la plateforme d'où elle surplombait ses ouailles, était devenue le lieu d'un mini défilé de mode, dont elle était l'unique actrice, et avec pour unique public, son petit grillon ! Le petit animal se contentait d'applaudir en faisant vibrer ses élytres ou bien, se taisait quand vraiment... ça n'allait pas !

Ce jour-là sur la berge, elle se montra immédiatement très avenante en accueillant l'âme damnée du tortionnaire Sok Chea : elle l'aida à monter sur la rive en lui tendant la main, joignant au geste des propos rassurants comme : « *Permettez-moi de vous souhaiter la bienvenue...* » ou bien encore : « *Faites attention, le sol est très glissant par ici !* »

Sur sa barque, le passeur ne restait pas sans marquer l'embarras que lui inspirait l'habillement ainsi que l'attitude saugrenue de la Bête... l'embarras se mua même en une totale désapprobation de cette conspiration d'ave-

nance et de couleurs. Et s'il n'avait pas l'habitude de dire
quoi que ce soit —il n'en avait pas la capacité— eh bien,
il choisit d'en dire encore moins... voilà !

De son côté, et en réponse à ce tonitruant esclandre,
la Bête se tourna vers son Charon, haussa les épaules et
lui tira la langue avec mille autres grimaces.

Sok Chea, lui, ne disait rien. Il avait grimpé sur la
berge qui s'élevait au-dessus des eaux du Styx en un petit talus de boue stérile, d'où il regardait maintenant, di-
rectement devant lui.

L'ayant rejoint, la Bête l'invita aimablement à poursuivre :

— Voilà, c'est là où vous voulez... Mais, au début, je
vous conseille de ne pas trop vous éloigner !

Mais sans même qu'elle eût le temps de finir, Sok
Chea s'avançait déjà d'un pas résolu entre les premiers
tas de boue humaine : ces âmes recroquevillées sur leur
malédiction, ces hommes et femmes, d'eux-mêmes en-
fermés sous un manteau de bourbe, tels des tas d'immondices qui constellaient le sol des enfers jusqu'à l'in-
fini des horizons. Il leur avait fallu une vie pour en arriver là, réduits à pas grand chose, arrêtés sur leur petit caillou, et pas comme une étape où l'on s'arrête un
temps et puis que l'on dépasse, non, mais comme la destination ultime d'un rendez-vous avec eux-même... rien
qu'eux-même... et sans suite.

* * *

La Bête se contentait donc de suivre l'âme de Sok
Chea, les bras croisés dans le dos, et en prenant soin, à

l'occasion, d'ajuster le manteau de boue qui recouvrait tel ou tel pensionnaire... Enjouée, elle sautillait presque en le suivant !

C'est que chacun ici —et pas que son grillon— vous aurait dit qu'elle changeait : de ses dernières aventures avec l'homme Hans Jacob, elle avait ramené dans son cœur un feu nouveau, qui la poussait lentement à devenir autre-chose que la Bête froide et dure, gardienne des enfers qu'elle était.

Dans le même temps, son rapport avec ses pensionnaires s'était lentement mué d'une terreur sauvage, à une attention presque attendrissante : envers les nouveaux venus, elle s'empêchait de trop les éloigner du fleuve, les encourageant à rester toujours plus près du côté de la *Vie* ! Et pour les plus anciens, plutôt que de les effrayer, elle s'attachait maintenant à les consoler, à leur trouver des arrangements pour les rapprocher des uns, ou les éloigner des autres si leur compagnie ne devait pas leur plaire.

Voilà qui était à la limite du sacrilège, ici-bas !

Mais Satan n'en savait rien, tout occupé qu'il était dans son repaire, à l'écoute de ses vieux disques, à l'entretien de sa voix de baryton, et à la maîtrise du chant d'opéra... il y avait de quoi faire !

Et voilà donc que, soucieuse d'être différente, la Bête accompagnait Sok Chea avec attention mais aussi quelque curiosité :

— Puis-je savoir à quoi vous étiez attaché là-haut ? demanda-t-elle doucement.

Mais lui, avançait toujours plus profond et de petits pas alertes dans le territoire des morts.

Elle avait déjà tenté de le dissuader de s'enfoncer plus avant du côté des âmes les plus sombres, mais rien n'y faisait : son nouveau pensionnaire semblait étrangement résolu, comme heureux et hâtif de retrouver la couleur de son âme dans le plus noir des enfers, et y retrouver sa mesure profonde.

Néanmoins, il arriva qu'il finît quand même par répondre aux questions de la Bête :

— Au début, dit-il d'une mâchoire ankylosée qui traînait ses mots, j'étais directeur d'école, et puis, quand la guerre a éclaté, j'ai dirigé des camps de prisonniers.

Enfin, l'homme semblait s'abandonner à quelques confessions !

— Vous êtes donc devenu Chef de guerre ? continua la Bête.

— Non, diriger les hommes pour le combat ça ne m'intéresse pas, mais des prisonniers oui.

— Ah bon ?

— Les combattants n'ont peur que de leur ennemi, beaucoup plus que de leur chef !

— Ah, vous aimez qu'on ait peur de vous, c'est comme ça que vous êtes ? Et pourquoi directeur d'école alors ?

— Voir la peur des hommes dans leur regard, c'est une chose, mais la peur des enfants...

La Bête fronça les sourcils. L'homme qui marchait toujours d'un pas rapide se lâchait enfin, mais ça n'était pas de son goût à elle.

— Des enfants ? des... petits enfants ?

— Des tout petits, c'est là que c'est le mieux.

— Et... vous aviez des enfants dans vos camps ? demanda-t-elle encore d'une voix plus grave.

— Toujours, j'ai fait prisonnier des enfants, les adultes seuls ou les soldats ne m'ont jamais intéressé... mais les familles avec des enfants...

— Mais pourquoi des enfants ? continua-t-elle inquiète.

— Leur angoisse, leur peur : elle est vraie. Ils ne calculent pas, n'imaginent pas une issue... c'est de la pure frayeur !

Derrière lui, la main de la Bête tremblait et sa voix devenait changeante.

— Mais enfin, que faisiez-vous sur ces enfants ?

— Des expériences... virus et armes chimiques, mais ça n'était qu'une façade... Est-ce qu'on s'arrête là ?

L'homme avait stoppé, et regardait tout autour de lui comme si la place semblait enfin lui convenir... Mais la Bête, avec le poing, le poussa dans le dos...

Un poing de rapace...

— Non ! lança-t-elle avec un regard noir et une respiration qui devenait un souffle, vous serez bien mieux plus loin !

* * *

Ils s'étaient déjà bien éloignés du Styx, les tas d'âmes commençaient à devenir épars alors qu'ils avançaient toujours plus loin dans un paysage qui se faisait toujours plus obscur.

L'âme de Sok Chea semblait trouver la place toujours plus convenable à sa sombre nature. Mais dès qu'il s'arrêtait, la Bête le poussait encore... et toujours plus violemment, d'autant que son pensionnaire ne cessait de s'épandre avec jouissance :

— Il faut voir la peur dans les yeux des enfants, c'est quelque chose d'indescriptible, vous croyez la connaître, mais il n'en est rien, il vous en faut toujours plus...

Il souriait de ses dents noires, et dans son dos, la Bête s'était déjà largement transformée en ce qu'elle avait de plus animal et de plus sauvage : son pas était devenu celui d'un lourd prédateur et elle avait maintenant quelque chose d'un monstre qui se retenait de planter ses griffes dans l'homme devant lui...

L'homme qui continuait toujours avec délectation :

— J'ai torturé des enfants, des centaines d'enfants de tous âges, et surtout les plus petits que j'allais moi-même arracher au sein de leur mère...

La Bête n'y tenait plus.

Des âmes telles que celle de Sok Chea, elle en avait déjà vu, et des pires ; mais les choses avaient changé et maintenant, d'entendre celui-là se gargariser de tortures d'enfant l'insupportait au plus haut point !

— Je ne voulais que des enfants avec leurs parents, des enfants en âge de tenir un pistolet en main et de tirer une balle dans le crâne de leur mère... Vous en faites des monstres !

À chacune de ses phrases, les griffes de la Bête partaient maintenant tel un fouet, lacérant toujours plus profondément le dos du tortionnaire. Mais rien n'y faisait, Sok Chea continuait encore et encore avec toujours plus de plaisir sadique :

— Oui, je me suis gorgé de leur peur... de leur épouvante, alors que leur regard ne disait que pitié...

Droit et fier, il voulait s'arrêter ici, là où les tas d'âmes devenaient tellement éparses. Mais la chose difforme qui le suivait en s'ébrouant et en soufflant dans les naseaux, le poussait encore et encore, arrivant à peine à articuler, entre ses crocs, des « *Plus loin, plus loin !* »

— J'ai bu de leurs souffrances jusqu'à la lie, jamais, jamais je n'ai été rassasié de torturer ces enfants !

Alors, n'y tenant plus, le monstre bondit sur lui ! Tous deux roulèrent dans ce qui devait être un profond fossé. Puis, de ses puissantes serres, la Bête attrapa Sok Chea par le cou, et d'une voix animale, elle lui dit une dernière fois :

— C'est moi-même qui vais aller dans ton camp et sortir ces enfants de la mort que tu sèmes derrière-toi !

Mais lui, eut un abominable sourire... Sans être aucunement effrayé par la Bête, par son énorme carrure, ni par ses dents acérées à quelques centimètres de lui, il affronta son regard de braise et rajouta :

— Bien ! Ce camp ne sera pas resté si longtemps sans monstre !

Alors, furieuse, la Bête usa sur lui de tout ce qu'elle avait de griffes, de crocs, de haine et de hurlements, pour le déchirer et le lacérer encore et encore.

Elle hurla sur lui de toute sa puissance de Bête, elle le piétina, l'écartela et le rua de coups, jusqu'à n'en plus pouvoir...

Mais l'âme n'est qu'un chiffon, et même déchiré et défait jusqu'à l'épuisement de la Bête, le chiffon *Sok Chea* restait tel.

* * *

Quand enfin, elle se traîna jusqu'au bord du fossé, s'extirpant de la boue grise avec ses griffes qui n'étaient pas encore des mains, son visage qui devenait lentement celui d'une femme au regard inondé de larmes, elle voulut hurler.

Mais rien ne sortait des nœuds de douleur qui enserraient sa gorge. Et dans les pleurs, sa voix arrivait à peine à appeler : « *Hans... mon Hans...* »

C'est la douleur en son sein qui avait vaincu ses propres forces —sinon elle y serait encore— ainsi que l'idée grandissante qu'elle devait se relever... maintenant, et se mettre en marche vers le fleuve, courir même... courir à en perdre haleine, filer plus vite que le vent de la terre...

Et rattraper à grands cris le passeur qui s'engageait déjà sur le chemin du retour...

Elle eut même l'audace de mettre un pied dans l'eau —chose mortelle— pour se hisser plus vite dans la barque. Aussitôt, elle se mit à crier : « *En-avant passeur, en avant !* » Et devant le Charon qui ne semblait pas réagir assez vite, la Bête lui arracha sa perche des mains pour, de toutes ses forces, la planter dans la vase et s'enfoncer dans le brouillard.

Ayant traversé le Styx, elle sauta sur la berge et, sans attendre, se mit à courir dans les herbes sèches jusqu'au repaire de Satan. Là, elle s'accorda une pause pour calmer sa respiration, puis monta discrètement l'échelle de meunier qui conduisait à son grand salon.

* * *

Sa tête dépassant légèrement de la trappe, elle ferma les yeux pour calmer le flot d'idées terribles qui se bousculaient dans sa tête, ainsi que les battements de son cœur, dont elle craignait qu'on les entendît autant qu'un tambour.

Dans l'ambiance feutrée de la pièce, éclairée par une multitude de bougies, venaient déjà à elle quelques airs d'opéra : le Maître devait donc être là !

Alors, elle sortit lentement par la trappe, sécha ses larmes et se mit à ramper tel un serpent sur le parquet verni. Tout autour d'elle n'étaient que des hautes bibliothèques garnies de livres au cuir reluisant et aux lettres d'or. Elle se glissait entre de riches fauteuils et canapés de velours verts, et sans bruit, rampait entre les bureaux chargés de livres ouverts, de rouleaux de chanvre, de bibelots, mais aussi de partitions ou de disques...

Et puis au fond, il y avait le Diable, assis dans son Voltaire préféré, jambes croisées dont un pied qui battait la mesure. Son visage était caché derrière une large pochette de vinyle que dépassaient les volutes de son cigare. Sans se redresser, la Bête osa un petit « *Maître...* »

— Mmmmh ? fit Satan sans la regarder.

Toujours au plus près du sol où elle rampait encore, et toujours plus serrée au cou par son collier de Bête, elle se racla la gorge :

47

— Maître, vous savez pour Sok Chea...

— Oui, tu l'as bien reçu je présume ?

— Maître, ses victimes... ce sont des enfants !

— Oui, je sais, répondit le Diable d'une voix grave et toujours immobile dans son Voltaire.

— Peut-être pourrions nous intervenir, rajouta la Bête en s'approchant un peu plus près, un peu plus bas... faire quelque chose ?

— Non... et laisse-moi, du Wagner ça n'est pas facile !

Sur la vieille platine, tournait un vinyle et les premiers airs de *Siegfried* s'envolaient dans la large pièce boisée.

— Mais Maître, osa encore la Bête, peut-être m'autoriserez-vous à ...

— Rien du tout, coupa le Diable, c'est l'affaire des hommes. Ton Sok Chea n'a fait que ce qu'on lui a laissé faire !

Au bord des larmes, la Bête dit encore :

— Mais ce sont des enfants... Ils ont peur...

— Encore une fois, non ! Je suis fatigué des empereurs de ce monde, plus ils sont puissants, plus ils s'accordent des cérémonies grandioses et repentantes à leur *« plus jamais ça ! »* Lâches et hypocrites qu'il sont. Non je te le dis, que leurs verres à champagne se remplissent du sang de leur insuffisance.

— Maître, il ne s'agit que de quelques tout-petits, personne ne s'en soucie.

— うるさい[1] va et fiche moi la paix !

____

1. la ferme !

Sa forte voix avait plaqué la Bête sur le sol. Alors lentement, elle recula et se retira en se faisant toute petite, rampant presque entre les meubles... mais en brandissant la pochette de disque, Satan rajouta : « *Siegfried, c'est quatre heures d'écoute, alors ne me dérange plus !* »

Alors la Bête eut un petit sourire, et dans sa retraite, elle laissa discrètement sa main fureter sur le bureau, et y attraper quelques feuilles de papier vierge qu'elle glissa sous sa robe.

* * *

Arrivée au-dehors, elle se précipita dans les hautes herbes, non pas vers la descente, vers le fleuve pour retourner *chez elle*, mais vers les hauteurs, vers la montagne... Et tout en s'éloignant elle ne cessait de répéter : « *Quatre heures... il a dit quatre heures d'écoute... Là-haut, ça nous donnera bien quelques semaines de répit !* »

Et bientôt au-dessus d'elle, se dressait la ligne lumineuse du Carrousel qui fendait les montagnes. Portée par cette vue, la Bête attaqua la pente herbeuse en courant ; dans son empressement, elle glissait sur les tiges sèches, chutait, mais sa volonté la portait plus vite que le vent pour franchir les quelques kilomètres qui la séparaient encore du train de la vie.

Là, au pied de ce qui ressemblait à un convoi de wagons lancés à vive allure, elle arpenta anxieusement les scènes du passé et du futur qui s'alignaient devant-elle. Plusieurs fois elle revint sur ses pas, courant de long en large, jusqu'à enfin trouver la chambre où dormait encore son Hans.

Dans le vacarme assourdissant du Carrousel, et dans le vent puissant de son mouvement, elle s'approcha au plus près en tendant la main pour attraper la rambarde...

* * *

Comme tant de nuits...

C'était, pour Hans Jacob, encore une de ces nuits avec des songes... avec aussi quelques draps froissés, et surtout froids.

Dans le terrible rêve qu'il venait de vivre, il s'y trouvait tous les ingrédients pour que, de lui-mêle, il se retirât de son cauchemar : le mal, le sang et la souffrance. Aussi, en temps normal, ses propres réflexes de sauvegarde seraient parvenus à le tirer de son sommeil, pour un réveil en sursaut, baigné de sueur et d'angoisse, de tremblements et d'assez d'adrénaline pour faire longtemps tambouriner son cœur dans sa poitrine.

Comme tant de fois...

Mais dans ce songe, il s'y trouvait la Bête du Diable, qu'il découvrait en pleurs, avec un enfant inerte dans ses bras, elle le protégeait comme elle pouvait des balles qui traçaient au-dessus de sa tête, et des grenades qui éclataient tout autour comme un feu d'artifice.

Et puis Hans vit encore d'autres enfants, une ribambelle de tout-petits, agglutinés à elle, et sur lesquels, elle tendait un bras qu'elle voulait protecteur. Mais parmi eux, il y avait des malades, des blessés ensanglantés, et d'autres déjà morts.

Hans la voyait Femme et faible, et non pas la Bête toute puissante qui, d'un seul hurlement, aurait sûrement terrassé ses ennemis. Il la voyait fragile, débordée, submergée et perdue.

Et puis surtout, elle se tournait vers lui... levait les yeux vers son Hans, des yeux pleins de larmes et de désespoir.

* * *

Il se réveilla donc en sursaut, baigné de sueur, d'angoisses, et de tremblements... Comme à chaque fois. Et comme il convenait toujours à ces songes, son cœur tambourinait dans sa poitrine !

Il s'assit dans son lit, comme dans tant de nuits.

Par la fenêtre il pouvait voir l'éclairage de la rue : contrairement à lui, l'aube n'avait pas encore émergé de la nuit. Mais il ne dormirait plus. Il passa une main encore tremblante sur son torse mouillé, soupira de constater autant de sueur, et fronça quand même les sourcils pour se repasser le film de ce qu'il venait de voir dans ce songe.

Les yeux fermés, il se posait mille questions : qu'est-ce que ça voulait dire ? Que se passait-il ? Où donc était la Bête à cette heure ?... Et comme il ne savait pas si ces images lui venaient du passé, ou du futur —et encore : de quel futur ?—, il soupira une nouvelle fois en secouant la tête, bien désolé de n'avoir aucune des clés pour retrouver sa Bête.

Ne serait-ce que pour entendre sa voix.

Mais quand il rouvrit les yeux, il y avait quelque chose, ou quelqu'un dans l'ombre au pied du lit, Hans

51

eut immédiatement un léger recul... avant que la chose ne bondisse sur lui !

C'était la Bête, qui avait sauté à califourchon sur lui, elle l'enlaçait, poussait des cris de joie, lui prenait les joues « *Hans, mon Hans...* » et revenait plonger son visage dans son cou en le serrant très fort.

Hans en fut renversé, sur son lit, les bras en croix.

À califourchon au-dessus de lui, elle le serrait déjà de toute la force de ses cuisses, et ses mains, appuyées sur son torse ne faisaient que courir nerveusement sur sa peau. Elle lui offrait ses plus beaux yeux et un large sourire sans pour autant arriver à reprendre sa respiration : essoufflée, tellement heureuse, elle riait presque et respirait si fort, d'abord d'avoir couru, autant que du bonheur de retrouver son Hans.

— J'avais besoin de toi, lui dit-elle entre deux respirations.

— ... besoin ?...

Mais Hans ne pouvait plus dire un mot : elle était si belle, son visage rayonnait de tellement de vie. Il se contenta de lever les sourcils. Et soudainement, la Bête se redressa pour le mirer de haut, et gonflant sa poitrine, demanda très sérieusement :

— Hans, dis-moi, est-ce que tu aimes les enfants ?

Il enfonça sa tête dans son oreiller : « *Je...* » Mais la Bête n'avait pas attendu sa réponse et passait son regard tout autour de la chambre, se pinçant les lèvres et prenant de longues secondes pour aller à la découverte du petit repaire de celui qu'elle aimait.

— C'est ton lit ? demanda-t-elle enfin avec malice.

Dissimulant à peine un petit sourire, Hans fit un petit « *oui* » de la tête...

Alors avec un cri, « *Ouiiiiiii !* » elle replongea dans ses bras.

Chapitre IV

Les GI

EN PASSANT chez son maître, la Bête avait eu la très bonne idée de chiper quelques feuilles de *papier magique* : ce genre de papier qui faisait apparaître n'importe quel document sur ses pages, plus vrai que vrai, et surtout, au texte tout à fait conforme aux attendus de celui qui posait les yeux dessus.

C'est grâce à ces feuillets enchantés, vierges au départ et qui se couvraient à la demande de celui qui les lisait, que Satan était monté à bord d'un sous-marin nucléaire de la marine soviétique, on s'en souvient[1].

Et aujourd'hui encore, c'est par le moyen de ce même sortilège que Hans et la Bête obtinrent toutes les accréditations, passe-droit et sauf-conduit de jour-

---

1. CARROUSEL – Livre IV : *Atome*

nalistes, pour leur expédition, en pleine guerre, au Vietnam.

Ils purent même se faire conduire en jeep, jusqu'au camp G.I. du *Major H.Jones*, au plus près de la frontière cambodgienne où se trouvait leur destination.

Dans leur accoutrement de G.I., ils arrivèrent au milieu d'un camp en pleine opération et furent contraints d'attendre le bon vouloir du Major devant sa tente. Tout autour d'eux, ça n'était qu'agitation, ça criait, ça courait de partout sous le vrombissement d'hélicoptères : l'unité du Major Jones se préparait à un déménagement en urgence.

La guerre avait pris un mauvais tournant —leurs politiques aussi— et à la hâte, les soldats se préparaient donc à quitter leur place, menacée de l'irrépressible avancée Viêt-Cong.

— Je n'y tiens plus, nous sommes si près du but, confiait la Bête impatiente, à son Hans, paresseusement accoudé à une caisse en bois.

« *Mouais !* » se contenta-t-il de répondre tout en manipulant le petit appareil photo avec lequel il espérait faire bonne figure.

La Bête allait aussitôt lui reprocher son manque d'engagement. Et d'ailleurs, elle lui en aurait bien fait la critique depuis leur départ puisque... Mais le major H.Jones sortit de son Q.G. et commença à rendre, un à un, leurs papiers aux deux faux journalistes.

— Bon, au début, j'ai eu un peu de mal avec vos ac-créditations, mais tout est en règle et je me trouve un peu obligé de vous aider.

Hans et la Bête affichèrent un sourire complice. Le major poursuivit :

— Le problème est de trouver un peloton pour vous accompagner de l'autre côté de la frontière... et ça, je crains que ça ne soit pas possible !

— Mon major, répondit Hans, ce qu'on vous demande, c'est de nous rapprocher le plus possible du camp S-137. Pour le reste, on se débrouillera.

Le major écoutait distraitement, suivant aussi d'un œil ce qui se passait tout autour de lui. Il rajouta encore :

— Mouais !... À la rigueur on pourrait vous rapprocher de la frontière, le camp n'est pas très loin. Mais vous devez savoir que même là-bas, leur Khmers-rouges lancent des opérations en collaboration avec le Viêt-Cong. Ils nous tombent dessus régulièrement et ça va empirer... Mais au fait, je peux vous demander ce que vous voulez faire là-bas ?

— Ce qui nous intéresse, dit la Bête en s'avançant devant le major, c'est que vos khmers-rouges pratiquent des exactions contre leurs propres civils. C'est pour ça que nous devons aller au camp S-137.

La major fit une moue, révélatrice de son désintérêt pour la question. Le Bête poursuivit :

— En particulier, ils pratiquent des tortures sur des enfants...

Encore une fois, le major haussa les épaules.

— Ça serait bien de nous aider à en faire la preuve, poursuivit-elle plus incisive, sinon le monde saura que vous n'avez rien fait contre !

Hans se précipita alors pour la retenir par les épaules « *Attendez, attendez...* » alors que le major pouffait presque ce qui était un mélange de rire et de désillusion :

— Rien à foutre mademoiselle... Ça se passe au Cambodge, ça ne nous concerne pas.

Alors Hans intervint à son tour :

— Voyons major, tout le monde sait que votre aviation mène aussi sa guerre là-bas en y larguant ses bombes, alors ne nous dites pas que votre combat s'arrête à la frontière !

Le major H.Jones hocha de la tête :

— Nos bombardiers doivent larguer toutes leurs bombes avant d'atterrir, c'est une question de sécurité. Alors s'ils doivent le faire, ils le font au-dessus du Cambodge parce que c'est là qu'ils s'alignent sur nos pistes. Ça n'est pas une agression ! Et je vous ferai remarquer que nos pilotes ont la consigne de vérifier qu'il n'y a personne dessous.

— « *Qu'il n'y a personne dessous !* » sans blagues ! répliqua la Bête que Hans retenait toujours par le bras. Il y a des enfants torturés pendant que vous vous contentez de vous débarrasser de vos bombes à l'aveugle, quelle belle image pour les sauveurs du monde libre !

Le major H.Jones s'énervait :

— Et puis, en majorité, ce ne sont pas des bombes comme vous le pensez, on vide surtout les réservoirs d'agent orange : c'est un défoliant, leurs arbres perdront quelques feuilles tout au plus !

La Bête s'éloigna, en colère, et en levant le bras en signe de dégoût :

— Pfff... Quelques feuilles, il a dit quelques feuilles alors que j'en verrai les dégâts sur l'humanité pendant plus d'un siècle !

* * *

Hans se rapprocha à son tour du major :

— Excusez-la major et revenons à notre mission à nous... Vous auriez donc un peloton pour nous rapprocher de la frontière ?

Dubitatif, le major examinait encore les quelques papiers d'accréditations qu'il avait en main, et soupira.

— Vous croyez vraiment que je vais risquer la vie de mes hommes pour quelques photos ?

Alors Hans lui reprit les feuilles des mains.

— On y va avec vous, ou sans vous, mais on ira de toute façon... Je vous laisse imaginer les conséquences sur l'opinion américaine.

Le major se gratta alors longuement une barbe de plusieurs jours, puis il dit avec un petit sourire :

— Mouais, mais pour ça, il faudrait que vous reveniez avec vos photographies... vivants.

Et sans attendre, il héla un soldat qui passait à ses côtés : « *Appelez-moi Chomsky...* » et il précisa encore pour Hans :

— Je crois que j'ai quelques gars pour vous. Une équipe qui devait aller en reconnaissance pour préciser des points de photographies aériennes, ils passeront près de la frontière. Vous pourrez aller avec eux, mais je vous préviens, c'est en territoire hostile...

59

Il n'en dit pas plus, mais il fixa Hans dans les yeux comme s'il lui demandait *« compris ? »* Ce dernier acquiesça :

— Compris !

Et Hans lui montra l'appareil photo qu'il portait en bandoulière : *« Quelques photos et on revient »*.

Aussitôt, le major s'en étonna :

— C'est vraiment avec ça que vous comptez prendre vos photos pour sauver le monde ? Nos photographes de guerre son autrement mieux équipés, il me semble !

— Hum, ma foi, c'est une très bonne optique ! répondit Hans en faisant tourner dans ses mains le petit *Vitoret*.

Mais le lieutenant Chomsky se présentait déjà à son supérieur, et moins d'une minute après, repartait au pas de course. Il venait de recevoir l'ordre de devancer sa mission de reconnaissance et de partir sur l'heure avec trois autres soldats, ainsi que ces deux fous de journalistes.

À l'annonce de sa mission, le lieutenant s'était tourné vers Hans et la Bête. Puis, après les avoir examinés de haut en bas, il ne put s'empêcher d'avoir une courte discussion avec son supérieur :

— Je présume que je ne peux pas refuser.

— En effet.

Chomsky et le major ne faisaient rien pour que les deux journalistes n'entendissent point leur conversation :

— Donc que je ne suis pas forcé de les ramener vivants ? continuait Chomsky.

— Ni de les ramener du tout : vous vous séparerez à la frontière et achèverez votre mission de votre côté. Si à votre retour, ils ne sont pas au point de rendez-vous, vous revenez sans eux au risque de trouver le camp désert, c'est clair ?

— Alors ça me va mon major.

* * *

Accompagnant les deux faux *journalistes,* c'était donc un groupe de quatre soldats qui cheminait sur une sente incertaine, perdue dans des sous-bois au peuplement majestueux. La végétation tropicale était luxuriante, garnie d'arbres séculaires aux racines puissantes et drapés dans de hautes lianes ; régulièrement, la trace se perdait au travers d'épais rideaux de rhododendrons géants, sur des parterres constellés d'orchidées. Au terme de cette piste, serait la frontière avec le Cambodge où le groupe se séparerait.

À l'arrière du peloton, les soldats Turner et Reed, deux forts gaillards lourdement armés, fermaient la marche. L'avant était menée par le lieutenant Chomsky et son radio, le caporal Moore, sur un sentier à peine marqué, mais régulièrement pratiqué par les G.I. qui montaient jusqu'au contact avec l'ennemi. Tous ces quatre militaires étaient de ces têtes brûlées, en mal avec l'autorité, d'ailleurs, Turner devait encore des jours d'arrêt...

S'il n'y avait eu cette mission !

Leur chemin longeait un flanc de massif montagneux, au relief humide, entaillé de multiples sources et

61

de ruisseaux engoncés au creux d'étroits vallons. Pour les franchir, il fallait se laisser glisser dans des descentes abruptes, puis remonter par des voies tout aussi raides… que grasses.

La végétation partageait avec eux, tout ce que la forêt pouvait exhaler de parfums tropicaux, de senteurs d'humus et de fleurs aux essences poivrées. Mais en plus d'un concert d'insectes, flottait dans l'air, la présence enivrante et traîtresse d'une overdose de vie dont le tumulte vous étourdissait l'esprit et faisait de vos paupières, du plomb.

— Plus vite, disait Chomsky à l'attention de Hans et de la Bête, qui avaient du mal à suivre le rythme de ces soldats surentraînés.

Mais juste derrière lui, le caporal Moore l'avertissait :

— Mon lieutenant, on avance sans précaution, on risque gros !

— Si on avance bien, on y sera avant la tombée de la nuit, répliquait Chomsky, c'est ça que je vois.

Le caporal Moore, un latino à la petite moustache, se retourna alors vers ses deux *clients*, les deux faux journalistes, qu'on avait équipés de casques et de sommaires gilet pare-balles, et leur adressa un regard qui en disait long : son chef, Chomsky, pressait le pas, simplement pour marquer son mécontentement de devoir se farcir ces deux civils. Mais Moore semblait bien regretter ce comportement puéril qui, de son avis, ne devait pas être de mise en ces lieux dangereux.

Hans en profita pour lui demander :

— On risque quelque chose sur ce sentier ?

— Ici, on risque toujours quelque chose monsieur, et c'est justement quand vous pensez qu'il ne vous arrivera rien, que ça vous tombe dessus !

Plusieurs mètres en avant, le lieutenant qui avait entendu, rappela vertement son radio à l'ordre :

— *Shut up* caporal... Je connais mon travail !

Moore baissa la tête en serrant les lèvres et reprit sa marche en seconde position.

* * *

Plus loin, c'est la Bête qui se confia à son tour : « *Mon Hans, ça ne sent pas bon. On fonce tête baissée vers un grand danger, je le sens* ». Mais à quelques mètres devant-elle, Chomsky, qui avait décidément des oreilles de lynx, répliqua :

— Ma p'tite dame, je vous l'ai dit : sur ce chemin, la voie est claire.

— Et comment pouvez-vous en être aussi sûr ? demanda Hans.

— Parce qu'une escouade est passée par là ce matin, voilà ! Ça, c'est un fait, et pas une appréciation de demoiselle effarouchée !

Sur ce, la Bête stoppa net, croisant les bras, avec des yeux noirs à l'attention de Hans : « *Et toi, tu le laisses dire ?* »

Hans fit alors quelques pas rapides vers l'avant :

— Hem... lieutenant, lança-t-il, vous seriez étonné de ses... appréciations, comme vous dites.

Et alors que lui, continuait de suivre le groupe de tête, la Bête se voyait rattrapée par Turner et Reed de l'arrière-garde.

— Ma p'tite dame, il faut qu'on vous porte ? demandait Reed avec sa lourde mitrailleuse sur l'épaule, ça me soulagerait, 'chuis sûr que vous pesez moins que ma M60 !

— Oh ça va toi le lourdaud, envoya aussitôt la Bête en reprenant sa marche, et si ta mitrailleuse te pèse, tu peux la laisser tomber, crétin, elle est déjà enrayée.

— Que ? Quoi ?... Non mais qu'est-ce qu'elle nous raconte la pouffiasse de journaliste ?

Derrière, Turner riait aux éclats :

— Ah ah ah... La miss, elle te dit que t'as pas assez graissé ta belle !

— Peuh, c'est elle que je vais aller graisser tout à l'heure, moi, tu vas voir !

— Sûr Reed, parce que c'est pas ici qu'on tombera sur du Viet. Les ennuis, c'est pour après, mais pas pour nous. Hein Reed ?... Ah ah ah !

* * *

Ils marchaient déjà depuis plusieurs heures dans un silence tout relatif ; ça n'était que des rires gras et blagues de soldats bourrus sortis de leurs corvées punitives pour cette mission sans intérêt.

— Je ne sais pas ce que vous en pensez, disait Hans à la Bête, mais je ne serai pas fâché d'être débarrassé de ces gars-là.

— Je pense comme toi, Hans, on se débrouillera bien sans eux.

Mais les railleries des militaires masquaient surtout ce qui n'était que leurs frayeurs : ces gars-là avaient été de toutes les missions, et des plus dangereuses. Des soldats, ils en avaient vu tomber tellement, qu'ils se disaient en eux-mêmes que s'ils étaient encore vivants, c'était sans doute dû au hasard, ou à la chance.

Voilà ce qu'ils se répétaient chaque jour, quand ils rentraient de mission sans leurs camarades laissés pour morts, ces braves types, cultivés, intelligents et qu'ils jugeaient tellement plus courageux et méritants qu'eux. À quoi, eux, devaient-ils d'être encore vivants, se demandaient-ils ? Certainement pas pour l'achèvement d'une mission suprême dans l'intérêt de la *civilisation*... Mission pour laquelle, ladite civilisation payait le prix fort en femmes et enfants qu'elle aurait tués, elle aussi, par hasard.

Alors chaque jour, l'absence de réponse valait reniement de la question : il était vain de se demander pourquoi ils devaient être encore vivants, tout simplement parce que "morts", ils l'étaient déjà !

Seulement... le rendez-vous ultime se faisait attendre voilà tout.

C'est pour ça que ces gars se sentaient virtuellement ailleurs, quelque part, pas très loin de la tombe. Et s'il est connu que les morts ne se drapent pas d'uniforme, par voie de conséquence, celui qu'ils portaient encore négligemment leur paraissait toujours plus absurde, et avec lui, tout son chapelet de symboles : fierté, valeur, discipline et obéissance. Tout ça, ils s'en fichaient maintenant royalement, faisaient fi des réprimandes, des punitions... puisqu'ils étaient déjà devenus insensibles au déshonneur.

Nonchalants, ils marchaient ainsi autour de Hans et de la Bête, qui les auraient bien crus ailleurs, mais certainement pas dans l'endroit le plus dangereux du monde.

* * *

— Ce Chomsky est une tête brûlée, comme tous ces gars, disait Hans à voix basse à l'attention de la Bête, il nous lâchera à la frontière et je ne suis pas certain qu'il nous récupérera au retour.

Mais derrière lui, la Bête s'était arrêtée, silencieuse, ses sens en alerte, elle ne répondait plus. Hans se retourna et la regarda, inquiet :

— Vous n'allez pas bien ?

Elle était comme statufiée, les yeux immenses, absolument immobiles et qui ne le voyaient même pas.

— Il y a un danger, finit-elle par articuler, je le sens de plus en plus, je l'entends.

Hans s'arrêta et tendit l'oreille ; Hormis le pas lourd de Reed et Turner qui approchaient, il n'entendait que le chant des oiseaux ou le claquement de leurs ailes, le cri de quelques singes, le bruissement des feuilles, et le vol des insectes... tout ces bruits de la forêt qui en faisaient son silence.

L'arrière garde arrivait :

— Ah ! La dame, elle veut faire une pause ? C'est trop pour ses fuseaux ?... Si c'est pour aller au pot, fallait pas vous gêner, rajoutait Reed, non mais regarde-la... la précieuse elle va faire pipi sur place !

— Oh ça va vous... pestait Hans en les laissant passer. Mais quand il se tourna de nouveau vers la Bête, c'est elle qui le regardait fixement dans les yeux :

— Je te parle de maintenant Hans, pas de tout à l'heure... Maintenant.

Il hocha la tête :

— Maintenant ?

Elle avait des yeux exorbités et allait rajouter quelque chose quand une explosion se fit à l'avant. Aussitôt, Hans rentra la tête dans les épaules, et en se retournant, il aperçut le caporal Moore, une vingtaine de mètres plus avant, qui volait en l'air après avoir sauté sur une mine.

* * *

Dans le même temps, des coups de feu se mirent à crépiter de toute part, des balles sifflaient et venait découper les arbustes partout autour d'eux. « *À couvert, à couvert !* » hurlait Chomsky qui revenait en courant.

Et à sa suite, ils plongèrent la tête la première dans le vallon, suivis de près par Reed et Turner.

Ils roulèrent près d'une dizaine de mètres plus bas, dévalant la pente sur un sol glissant, se cognant sur les souches et les pierres, fouettés au visage par les branches, jusqu'à venir s'affaler en plein ruisseau ou dans ses berges boueuses.

— Mon lieutenant, c'était quoi cette mine ? demandait Reed, tapi dans la boue et qui installait déjà sa mitrailleuse, vous avez vu comment Moore il a volé ?

— J'en sais rien et je m'en fiche, criait Chomsky allongé près de lui, de toute façon, j'irai pas chercher Moore sous ce feu !

En effet, les tirs ennemis passaient encore bien au-dessus de leur tête, mais étaient tellement nourris qu'ils en arrivaient à sectionner un à un tous les troncs de la forêt. Chacun essayait de se mettre à l'abri, sous une pluie de copeaux de bois qui leur tombaient dessus, accompagnés de branches folles ainsi que des éclats de balles, brûlants, qui ne manquaient pas de transpercer leurs vêtements.

— Putain Reed, ça vient cette mitrailleuse ? criait Chomsky, quand ils vont se mettre en position là-haut, ils vont nous laminer à coup de grenades.

— Chef je...

— Reed magne-toi bordel, ils font mouvement !

En effet, depuis le sentier au-dessus d'eux, les tirs s'étaient momentanément calmés. Au fond de leur ravin, le petit groupe pouvait entendre leurs ennemis courir sur le sentier pour se mettre en position... Les secondes étaient comptées avant qu'un feu du dessus ne vienne les faucher tous.

Mais de son côté, Reed tapait sur sa machine : « *Merde, elle est enrayée chef, j'peux pas engager !* »

À peine eut-il fini, qu'une première grenade explosait à moins d'une dizaine de mètres. Hans couvrit la Bête de son corps, la ramenant tout contre lui à l'abri derrière un tronc qu'il savait déjà trop léger pour leur offrir la moindre protection.

— Lieutenant, cria-t-il à Chomsky quelques mètres au-devant, vous n'avez pas une arme pour nous ?

Ce dernier hésita une seconde...

— Ça fera une couverture de plus ! continuait Hans en rampant vers lui, main tendue.

Le lieutenant essaya alors de lui passer son pistolet, mais une rafale de mitraillette vint faire barrière juste entre les deux hommes. Hans recula prestement pendant que Chomsky ripostait en tirant plusieurs balles vers la crête : *« Restez couchés, restez tous couchés ! »* criait-il en même temps.

Hans était revenu contre la Bête, recroquevillée sur elle-même entre deux racines, à même la boue. Il regardait là-haut les tirs qui partaient maintenant de partout, et qui se faisaient de plus en plus précis.

Sur le sol spongieux, les grenades à main explosaient une à une en sourdes détonations, sans manquer de faire s'abattre plusieurs arbres aux alentours. Les tireurs ennemis étaient si nombreux que toute la crête s'illuminait maintenant du feu de leurs armes, et les ripostes des trois soldats aux armes légères ne paraissaient vraiment pas pouvoir contenir leur encerclement.

Hans sentait bien que ses talents, ses astuces ou ses quelques dons, ne seraient ici d'aucun secours ; il regardait anxieusement autour de leur position, en sentant grandir en lui un effrayant sentiment d'impuissance. La seule chose qu'il pouvait encore faire était de recouvrir la Bête de son corps, suffisant contre les éclats de bois, mais qui serait largement insuffisant contre les balles ou les grenades qui se rapprochaient toujours plus.

— Je ne veux pas vous effrayer, mais on n'est pas très bien là, vous savez ? disait-il anxieusement à l'oreille de la Bête.

Mais elle, ne disait rien.

Il lui secoua l'épaule... Son cœur battit fort de la sentir inerte, alors il la remua encore plus et la retourna vers lui. Quand il découvrit son visage, elle avait les yeux ouverts, fixes... vides !

— Non non non... cria-t-il !

* * *

Accroupis devant sa Bête, Hans la secouait vigoureusement, cherchait sur elle les éventuelles traces de sang ou de l'impact d'une balle... portait sa main à son visage... sans pouvoir se résoudre à accepter ce qu'il voyait.

Mais en passant ses doigts sur la joue de la jeune femme, il sentit quelque chose : l'ébauche d'une écaille qui apparaissait sur sa peau, et une autre... une troisième sortant au-dessus de ses yeux... des yeux qui viraient au rouge !

Sous lui, sa Bête, les bras ramenés sur sa poitrine, recroquevillée comme dans un cocon, commença lentement de s'ouvrir, tout comme s'ouvraient ses mains qui devenaient des serres, avec des griffes...

Des griffes puissantes.

Tout près de là, les trois G.I. tentaient de tenir leurs ennemis loin de la crête meurtrière, mais se battaient maintenant à armes par trop inégales, avec leur manque de munition et une mitrailleuse enrayée.

Dans leur dos, il y avait Hans qui rampait maintenant dans la boue, à reculons devant la Bête qui se redressait lentement ; il s'éloignait encore, au point de finir allongé dans le lit de la rivière, les yeux levés vers celle qui devenait énorme : quelque chose d'un dragon qui se couvrait d'écailles d'un noir absolu, d'un noir comme la nuit. Gonflaient aussi des épaules de gorille, des pattes de dinosaure qui s'écartaient en s'enfonçant lourdement dans la boue du ruisseau, et une queue longue et puissante qui s'allongeait dans le ciel.

Sa tête s'était ramenée à quelque chose comme une énorme et puissante mâchoire, dont les lèvres se découvraient en tremblant, pour laisser apparaître des dents acérées et solides comme des poignards. Ses yeux s'étaient réfugiés, minuscules, dans les plis de ses écailles, ils crachaient un feu de rage qui faisait trembler son corps devenu immense !

Et puis de ses naseaux, elle prit une puissante inspiration, alors Hans, depuis sa rivière, eut un large sourire aux lèvres...

Et il se boucha les oreilles !

Quand la Bête poussa son hurlement —plutôt quand la forêt tout entière explosa sous cette déflagration sonore— c'est toute la colline qui se mit à vibrer.

Et quand elle cessa, tout s'arrêta : plus aucun tir, plus aucun mouvement, plus aucun mot qui n'aurait été prononcé par les soldats de part et d'autre, ni le moindre piaillement d'oiseau ou grincement d'insecte. L'air, lui-même, s'était immobilisé, et un silence énorme et sans fêlure avait pris possession de la forêt.

Ce dernier accord, submergeant tout l'orchestre, avait sonné le glas de la musique du monde.

— Putain c'était quoi ? balbutia Chomsky en redressant lentement son buste et en portant sa main à
son oreille endolorie.

Mais derrière lui, la Bête déployait des bras puissants, et dans un sourd grondement, rentra sa lourde
tête entre ses gigantesques épaules.

Chomsky, Reed et Turner se retournèrent lentement, mais il ne virent qu'une ombre, bondissant
au-dessus d'eux à la vitesse d'un jet, et disparaissant
dans la forêt dans le fracas d'un bulldozer qui arrachait
tout sur son passage.

* * *

Dans la jungle, ça ne fut ensuite qu'un bruit assourdissant, comme si c'était toute la forêt qui était mise en
pièces —et avec ceux qui avaient le malheur de se trouver dedans—.

Entre des hurlements sauvages, on entendait bien
quelques coups de feu, salves de mitraillette, explosions
et décharges de lance-flammes, mais il y avait surtout la
présence d'une... chose... absolument destructrice qui
avançait en détruisant tout, réduisant chaque arme au
silence, et chaque obstacle à un fétu de paille.

Hans s'était relevé, avait frotté son gilet pare-balles
pour l'en débarrasser de la boue, et en prenant les devants, avait gentiment invité les soldats à remonter la
pente :

— Messieurs, je pense qu'on peut y aller.

D'un pas hésitant, les trois autres s'engagèrent à sa
suite, c'est à dire en cheminant le long d'un trou béant

dans la végétation, une allée ouverte sur le ciel, et sans poser de question.

Si ce n'est Reed :

— Et la fille ?

— *C'est* la fille.

Chapitre V

Camp S-137

C'ÉTAIT déjà le crépuscule quand Hans et les trois soldats débouchèrent dans une large clairière. Ils avaient suivi le bruit, le feu, et le chaos, au cœur d'une large percée dans la forêt. En haut de la colline, enfin, il n'y avait plus qu'un gigantesque éparpillement d'arbres, de branches, de troncs broyés, éclatés, et parfois calcinés. Péniblement, dans ce chaos originel, ce sans dessus dessous où les sentiers avaient disparus, ils devaient faire leur route.

Autour d'eux, s'élevaient les dernières flammes d'un incendie, accompagnées d'une multitude de fumerolles blanches, comme autant de croix s'élevant dans un cimetière militaire. Les quatre hommes auraient pu se croire sur un terrain bombardé au napalm, mais non, ça n'était ici qu'un chaos indescriptible, un enchevêtrement de toute la végétation, et une mise en pièces systématique du monde vivant !

Parfois, ils trouvaient à leur pied un entrelac d'armes brisées, de canons vrillés, de ferrailles méconnaissables, mais aussi de corps démembrés et, parfois même, de têtes humaines —quand elles étaient entières— ou seulement une face ravagée qui n'avait conservé de son existence, qu'une dernière expression de terreur.

Les trois soldats grimaçaient : ceux-là, qui étaient leurs ennemis, devaient avoir été une trentaine d'hommes, une colonne de ravitaillement qui avait malencontreusement croisé leur petit groupe. Il n'en restait que les corps éparpillés, dont les bouts de chair écartelés, d'os et de viscères, pendaient, épars, sur ce qui restait de branches et d'arbres sur le sol.

* * *

Et puis au centre de la clairière, apparut immobile dans la lumière rougeoyante des dernières flammes, une forme massive, haute de plusieurs mètres et totalement immobile.

Elle était d'un noir profond, comme la nuit qui arrivait à l'horizon.

L'un après l'autre, les soldats eurent un moment d'arrêt d'apercevoir la *chose*.

Mais Hans continuait :

— Venez, ne craignez rien.

Les trois soldats le laissèrent d'abord avancer tout seul, bien au-devant d'eux, avant d'accepter de lui emboîter le pas très prudemment : leurs armes tremblantes étaient pointées dans toutes les directions, du devant, de derrière, du dessus, et même du dessous... Mais Hans sautait par-dessus les obstacles, se réjouissait de retrouver sa Bête, inquiet pour elle qu'il devinait épuisée et sûrement, tellement en colère.

Et bientôt, une fois arrivé dans l'ombre de sa haute stature, il finit par disparaître de la vue des soldats. Ne distinguant pas grand-chose dans le crépuscule, ces derniers arrivèrent lentement à quelque distance d'un être étrange, fermement campé sur ses robustes pattes ; sa tête écailleuse, aux mâchoires puissantes et au museau massif maculé de sang, était rentrée dans ses épaules, et derrière elle, une longue queue, puissante et menaçante, dansait lentement dans les fumerolles.

Hans se trouvait devant, bras levé qui lui caressait le museau en lui murmurant quelques mots. Chomsky balbutia :

— C'est...

— Oui, fit Hans, c'est une Bête, mais elle est si belle et si fragile.

— C'est la demoiselle qui vous accompagnait ? essaya timidement Turner.

Hans ne répondait pas, il avait posé sa joue contre elle, qui baissait ce qu'elle avait de tête pour mieux recevoir ses caresses.

— La dame c'est... c'est ce monstre ? bredouillait Reed qui n'avait toujours rien compris.

Hans expliqua alors lentement :

— Elle est devenue comme ça, seulement parce que vous l'êtes, vous aussi, parce qu'il n'y a que haine, violence et monstruosités ici.

Et en relevant les yeux vers elle : « *Mais c'est ma Bête, et je l'aime* ».

Les trois hommes étaient subjugués. L'animal les regardait un à un de ses tout petits yeux rouges, des yeux qui les faisaient frémir dans leur chair, mais —et ils ne le voyaient pas— qui montraient surtout une immense timidité, et une terrible honte.

Rassurant, Hans continuait avec le sourire :

— Elle n'est pas méchante, tout juste un peu... impulsive, n'est-ce pas ma belle ?

Et en réponse, la Bête eut un sourd ronronnement de contentement qui fit vibrer le sol sous leurs pieds. Puis Turner eut enfin la question que se posaient les deux autres :

— Mais... c'est quoi au juste ?... Elle vient d'où ?

Hans se tourna vers eux, et avec défiance :

— Mais des enfers... Elle y règne !

Et puis la chose ferma les yeux, et entama un lent mouvement de repli en soufflant de ses nasaux ; une masse de plusieurs tonnes qui se détournait d'eux, tête basse, dont les muscles massifs tremblaient d'hésitation, un animal qu'on sentait emprunt à une profonde tristesse, à un immense abattement, encore plus pesant que chacun de ses pas qui, un par un, faisaient vibrer le sol sous ses gigantesques pattes.

Et puis elle accéléra, comme en fuite... elle partit soudainement si vite qu'en quelques bonds puissants, elle disparût de leur vue vers le couchant.

Reed se frottait les yeux, Turner n'arrivait plus à refermer sa bouche et Chomsky avait presque laissé tom-

ber son arme qu'il ne retenait plus que par la bandoulière.

* * *

Plus tard, dans la nuit qui arrivait, le lieutenant
Chomsky expliqua que leurs routes devaient se séparer
ici : là où ils se trouvaient était la frontière, sur une colline surplombant les premières vallées du Cambodge.
La Bête était visiblement partie vers le camp S-137 qui
n'était plus qu'à quelques kilomètres de là et Hans
convenait qu'elle devait l'attendre là-bas.

Alors Chomsky confia à Hans son pistolet ; avec
Reed et Turner, ils allaient poursuivre leur route pour
achever leur mission sans intérêt, et tous convinrent de
se retrouver dans 24 heures au même endroit pour le
retour.

Promis, ils l'attendraient.

Pour l'heure, Hans n'avait plus qu'à suivre la percée dans la végétation qui descendait vers le camp S-137
dont quelques lumières brillaient déjà dans la nuit.

Il n'eut pas longtemps à marcher à la lueur de la lune
et des étoiles, cherchant devant lui les traces éventuelles
de sa Bête qui devenaient éparses, quand une petite voix
sortit du couvert à quelques mètres de lui :

— Hans ?

Elle était là sur un rocher, assise et recroquevillée
sur elle-même, le regard vers les lumières du camp S-137.
Hans s'approcha et voulut la prendre dans ses bras...
Elle frémit de ce contact des mains de l'homme sur ses
épaules.

Il devinait son malaise : c'est comme si elle s'était dénudée devant ces soldats, comme si elle s'était totalement livrée à eux. Elle qui n'avait de cesse que de vouloir se départir de sa nature de Bête, elle avait été contrainte de la reprendre, au grand jour, et dans une terrible forme... de se prostituer à nouveau avec elle-même !

Elle était submergée par la honte.

Pour préserver son secret, elle aurait volontiers avalé chacun de ces soldats, Hans savait très bien que. Mais sans qu'il ne sache pourquoi, sa Bête n'avait pu s'y résoudre. Et voilà le secret qui s'en allait avec ces trois gaillards.

Hans lui dit doucement :

— Vous savez, personne ne les croira, ça restera un secret parce que c'est tout bonnement *inconcevable*.

Mais elle répondit :

— Je ne les ai pas tués, seulement parce qu'avec les enfants, tu auras besoin d'eux au retour.

— Au retour ? vous ne reviendrez pas avec nous ?

— Je ne sais pas si je pourrai rester avec toi... Quand je deviens la Bête, *IL* le sait.

Hans soupira : « *Alors ça veut dire qu'il faut agir sans plus tarder.* »

***

Tous les deux décidèrent de profiter de la nuit pour descendre vers le camp Khmer et ses lumières. La Bête marchait en tête : « *S'il y a des mines, je le saurai* ».

Et ainsi, durant la nuit et jusqu'aux quelques heures précédant l'aube, ils parcoururent la distance qui les séparait du camp. Même dans la forêt, ses faibles lumières suffisaient à guider leurs pas ; la Bête arrivait à repérer tous les pièges du sentier, à en éviter les mines. À part ça, ils n'avaient rencontré aucune barrière, aucun garde ni barbelé : la jungle, ses dangers et ses mines constituaient la pire des frontières pour les prisonniers d'un camp dont ils arrivaient maintenant au pied de la première baraque.

Très silencieusement, tous les deux passèrent de case en case, le dos courbé dans l'obscurité, s'approchant toujours plus du centre du camp encore endormi et à peine éclairé par quelques vagues ampoules. L'ouïe acérée de la Bête leur permit d'éviter les rares gardes, et de repérer très vite le baraquement des enfants.

Cette cabane était montée sur pilotis ; le soir, les enfants étaient jetés par une trappe du plancher, dans la fosse creusée sous la case et ceinturée de planches.

— Passons par-dessous, disait la Bête qui avait retrouvé son meilleur moral, on va les faire sortir par là.

Et à deux, ils se glissèrent en rampant sous la baraque, jusqu'à une ceinture de bois qui gardaient les enfants prisonniers. Déjà, ils pouvaient entendre les gémissements des touts petits, à peine endormis dans un sommeil que leurs souffrance leur interdisaient de prendre totalement.

Sans attendre, Hans s'essaya à tirer sur les premières planches… mais sans succès : « *On y arrivera pas comme ça !* » confessait-il.

Mais dans l'obscurité, il put voir que les deux mains de la Bête s'étaient transformées en ses serres puissantes avec lesquelles elle broya les madriers comme de la paille. Ces derniers purent alors être arrachés sans difficulté, laissant aussitôt passer quelques gros rats, pressés de fuir la présence de la Bête.

En passant la tête par ce trou, ils découvrirent une fosse profonde comme un homme, et dans laquelle des enfants étaient allongés les uns contre les autres à même la terre, ou accroupis aux quatre coins quand ils n'avaient plus la place pour s'y étendre.

Hans les compta : ils étaient douze, des tout petits, ainsi que quelques-uns, garçons ou filles, qui devaient avoir la petite dizaine. La faible lueur de l'aube arriva jusqu'à eux, qui regardaient, apeurés, les visages de Hans et de la Bête au-dessus d'eux.

C'était vraiment un trou immonde ; les enfants étaient laissés dans l'humidité, l'urine, la putréfaction, sans compter les rats et les immondices ; l'odeur qui s'en dégageait était absolument pestilentielle ! Si Sok Chea —le tortionnaire— n'était plus de ce monde, son successeur s'était nourri de ses meilleurs préceptes au manuel du parfait petit bourreau.

Immédiatement, la Bête tendit les bras, et sourit aux enfants en chuchotant : « *Venez... venez !* »

Les plus grands comprirent tout de suite, et sans pouvoir pour autant se mettre debout, crapahutèrent jusqu'à cette sortie.

L'un après l'autre, Hans et la Bête les aidèrent à s'extraire de leur trou. Elle, les prenait dans ses bras et serrait chacun d'eux contre sa joue avant de les inviter d'une voix très douce, à ramper vers la sortie. Hans les accompagnait un à un, et les faisait asseoir au seuil de la case, encore cachés sous son ombre.

Mais soudainement, une énorme déflagration se fit entendre dans le lointain.

* * *

Grenade ? Bombe ? Mine ?... Hans et la Bête se regardèrent tous les deux, avant que Hans ne lui commande :

— Continuez de les faire sortir, je vais voir ce que c'est.

Il fit demi-tour en rampant sous la case vers le côté d'où provenait l'explosion, et constata aussitôt l'agitation qui naissait dans le camp. Plus loin dans la jungle, il pouvait voir qu'une bombe avait explosé à quelques kilomètres du camp. Et au même moment, c'est une seconde déflagration qui illuminait le ciel et secouait l'air... Une nouvelle bombe qui venait de tomber, cette fois-ci, plus près !

Il revint s'engouffrer sous le baraquement en criant : « *Les bombardiers américains larguent leurs bombes sur nous !* » Mais à peine eut-il fini qu'une troisième bombe explosait encore plus près.

Entre temps, la Bête était descendue dans la fosse et faisait monter les plus faibles par l'ouverture :

— Il y en a qui sont blessés ou malades, disait-elle, indifférente aux explosions qui s'enchaînaient au dehors.

— Vite, pressait Hans, passez-les-moi, les prochaines bombes seront pour nous !

Un, puis un autre, puis encore un autre enfant —celui-là qui n'arrivait même plus à tenir sa tête

83

droite— Hans les prenait un à un, pendant que la Bête allait les chercher dans les quatre coins de la fosse. Aux autres déjà sortis, il leur faisait des signes pour patienter sous le couvert de la baraque. Mais déjà l'inquiétude grandissait chez les plus vaillants d'entre-eux ; ils tremblaient en entendant les explosions qui tombaient maintenant sur les cases les plus éloignées du camp... Encore une et ils iraient détaler et se disperser n'importe où en courant.

Heureusement, la Bête rampait en sortant de la fosse :

— Il y en a un qui était déjà mort, disait-elle attristée, un tout petit, et je crois qu'il faudra qu'on porte ceux qui sont trop faibles pour marcher.

— Oui j'ai vu, mais vite, vite, il faut partir !

Et au bord du baraquement, tout de suite Hans prit deux enfants dans ses bras, ceux-là qui étaient déjà épuisés, leur petite tête tombant sur ses épaules ; la Bête en fit autant, et une fois chargés au maximum, ils jetèrent un œil autour d'eux et s'engagèrent avec le reste de la petite troupe sur le chemin qui descendait du camp.

Tout en courant, Hans les comptait tous : onze, dont trois d'entre eux, derrière lui, qui avaient du mal à rester dans la course.

— Partez devant, cria-t-il à la Bête avant de faire demi-tour pour revenir vers les retardataires.

La Bête poursuivit son chemin avec deux petits dans ses bras et une demi-douzaine d'autres qui couraient autour d'elle. Hans avait fait demi-tour avec les siens, pour constater que l'un des gamins qui traînait avait une plaie ouverte à la jambe.

Ils avaient déjà fait un bon chemin vers les limites du camp, alors il prit le temps de se baisser et invita l'enfant à s'asseoir à côté du tout petit qu'il portait déjà sur son bras. Mais au moment de se remettre péniblement sur ses jambes, une nouvelle bombe explosa en face de lui. Ils furent violemment projetés par le souffle...

Et il perdit connaissance.

* * *

Quand il reprit ses esprits, un des gamins était penché au-dessus de lui, un regard sans aucune expression, sans aucune attente, à la rigueur un brin de curiosité envers celui-là dont il avait du mal à comprendre qui il était, et ce qu'il faisait... Mais tout autour d'eux, ça n'était que flammes, cris, et la panique des occupants du camp.

Hans se redressa très vite, assez content de constater qu'il n'était pas blessé et qu'il n'était resté évanoui que quelques secondes. Aussitôt, il entreprit de chercher ses petits à quatre pattes. Mais quand sa main retrouva celui qui avait une jambe abîmée, il vit à son regard, qu'il était déjà mort ; et plus loin encore, c'était le corps ensanglanté d'un second, lui aussi sans vie...

En le protégeant, lui, ces deux enfants avaient pris l'explosion en plein dans leur chair !

Mais dans un nouveau flash, c'est la baraque des enfants qui vola en éclats, sous une boule de feu et une gerbe d'étincelles. À la hâte, Hans prit un gamin dans ses bras, et se leva pour fuir avec les plus grands... en évitant, comme ils pouvaient, les braises qui leur tombaient déjà dessus.

85

Il fallait maintenant rejoindre la Bête à l'extrémité du camp. Et en effet, tout en courant, son petit groupe arriva... dans le dos d'un soldat qui la tenait en joue.

Le militaire ne l'avait pas entendu arriver, occupé à crier ses ordres au groupe des fuyards. Derrière lui, Hans déposa alors délicatement son bambin, et attrapa un morceau de poutre encore fumant, résidu de la précédente explosion. Quand le soldat khmer comprit qu'il se passait quelque chose dans son dos, il en reçut la confirmation par un magistral coup sur le crâne.

Enfin, le groupe pouvait reprendre sa course, avec les neuf enfants qui couraient à leurs côtés ou qu'ils portaient dans leurs bras. Plus personne ne faisait attention à eux : chacun étant occupé à aller chercher de l'eau pour éteindre l'incendie qui se propageait à tout le camp, ou bien pour simplement sauver sa peau de ce brasier généralisé.

C'est donc sans être inquiété que le petit groupe arriva dans les herbes, à la lisière de la forêt.

— Nous sommes arrivés par là ? demandait Hans. Mais la Bête, inquiète, était occupée à compter les enfants :

— ...huit, neuf ! Hans, il nous en manque !

Lui, prenait déjà les plus faibles dans ses bras.

— Non, c'est qu'on en a perdu deux dans l'explosion du baraquement, je suis désolé.

Elle ferma les yeux... et le poing.

— Mais pourquoi les américains bombardent-ils ce camp ? protestait-elle, le major semblait dire que ses bombardiers évitaient les zones habitées.

— Je parie que c'est lui qui en a donné l'ordre ! répondait Hans en invitant les enfants à le suivre.

— Quoi ? Mais enfin, pourquoi aurait-il fait une chose pareille alors qu'il nous savait ici ?

— Parce qu'en faisant ainsi, il raye de la carte un camp où l'on torture des enfants, tout en se débarrassant des journalistes qui en seraient témoins... Ça fait deux problèmes réglés d'un coup.

Elle resta un instant la bouche ouverte.

— Mais... mais il n'a pas osé faire ça quand même ?

— Vous ne sauriez croire...

— La crapule... Comment il s'appelle déjà ? Jones ?

— Major H.Jones, répondit Hans dont la voix était déjà absorbée par la forêt.

— C'est ça, je saurai m'en souvenir, tu peux me croire... Ah la sale bête !

Et le petit groupe disparut dans le sous-bois, laissant dans leur dos un camp illuminé de rouge, en proie à un incendie ravageur.

Chapitre VI

La fuite

TRÈS VITE, la Bête prit le devant de la troupe, sur un sentier à peine marqué, et dans une végétation luxuriante. Pressés de quitter le camp et de rejoindre, le plus vite possible, le couvert de la forêt, le chemin du retour ne fut pas le même que celui de l'aller. Aussi, la Bête devait, une nouvelle fois, mettre tous ses sens en éveil pour éviter les mines qui n'allaient pas manquer pas de faire obstacle à leur progression.

Ce qui d'ailleurs, ne tarda pas : ils n'étaient encore que dans la remontée de la colline au-dessus du camp, que des enfants revinrent vers Hans en courant. Les plus grands avaient même dans leurs bras, les plus petits que la Bête portait préalablement dans les siens.

Au travers du feuillage, Hans pouvait apercevoir la Bête qui, à genoux et les mains dans le sol, s'employait à déterrer une première mine de l'humus de la forêt. Quand ce fut fait, elle la lança triomphalement au loin... où elle explosa dans un bruit sourd qui roula dans toute la vallée.

Hans laissa ses enfants et se précipita alors vers la Bête —très satisfaite de son geste— qui se tapait déjà les mains.

— Non, non... ne faites pas exploser les mines, disait-il à voix basse, il faudrait trouver autre chose pour nous en débarrasser : le bruit des explosions va nous faire repérer !

La Bête fronça les sourcils :

— Nous faire repérer... mais de qui ?

— Des Khmers, je suis sûr qu'ils vont se lancer à nos trousses.

— Mais pourquoi ? Quel danger représentent ces neuf enfants ?

— Parce que ce sont des témoins !... des témoins gênants !

Du fond du vallon, on pouvait voir maintenant la fumée de l'explosion qui remontait vers le ciel de l'aube ; la Bête opina avec contrariété.

— Oui, enfin pour l'instant, ils ont un incendie sur les bras.

— Ça ne va pas durer, répondit Hans en repartant avec la petite troupe, c'est aussi pour ça qu'il ne faut pas traîner !

Elle réfléchit encore un moment, puis, semblant sortir d'un rêve, elle tendit soudainement le bras vers Hans qui s'éloignait avec les enfants :

— Attends ! laisse-moi passer devant... Les mines, il doit y en avoir plein d'autres !

* * *

Et la petite troupe reprit son ascension vers le plateau, en plein cœur d'une forêt qui se révélait être particulièrement hostile.

En tête, marchait la Bête, avec deux tout-petits dans les bras, et une ribambelle à sa suite —on aurait dit une institutrice en promenade—. Mais malgré la fatigue, les nuits blanche, malgré les efforts pour repousser l'épais feuillage devant-elle et tous les mots d'encouragement qu'elle adressait sans cesse aux enfants pour les rassurer, elle gardait les yeux grands ouverts, et tous ses sens en alerte : sur le chemin miné, les pièges étaient nombreux et mortels.

Ainsi, dès que son instinct repérait une mine, la Bête mettait sa petite troupe à l'écart, pour ensuite s'attaquer à l'engin de mort. Elle ne traînait pas : par la magie de ses doigts qui avaient sans doute le don de bloquer le mécanisme de mise à feu, elle sortait la chose de terre, et la déposait ensuite à quelques mètres du sentier. Pendant ce temps, les enfants patientaient à l'arrière en la regardant faire.

Mais plus d'une fois, il lui arriva de les rappeler vertement pour les empêcher de continuer sur le chemin sans elle parce qu'une mine pouvait en cacher une autre... juste à côté !

C'est que, par malchance, le sentier qu'ils avaient choisi un peu au hasard dans leur fuite précipitée, se révélait être particulièrement miné !

91

Dès lors, la progression du petit groupe était lente... bien trop lente, et Hans le sentait bien, lui qui fermait la marche avec deux autres petits dans les bras. Les pauses étaient nombreuses ; d'emblée les retardataires ou les plus faibles, s'allongeaient dans les herbes pour se reposer... pour dormir. Mais il ne fallait pas, ils n'en avaient pas le temps. Alors Hans les secouait : il fallait repartir.

Et puis après plusieurs haltes pour cause de *dé-minage*, de nouveau Hans remonta vers l'avant de la troupe, à l'arrêt depuis trop longtemps : il trouva la Bête, accroupie, bras ballants devant le corps d'un des tout-petits. L'enfant était inerte sur le sol... un de plus qui n'avait pas survécu.

Il s'agenouilla tout contre la Bête :

— Je suis désolé...

Elle n'arrivait pas à décrocher ses yeux du petit corps qui semblait endormi :

— Depuis des mois, murmura-t-elle, il manquait de nourriture, d'eau et de soins... Je ne m'étais pas rendu compte combien ces petites vies sont fragiles.

— C'est peut-être pour ça que chacune d'elle est précieuse, répondit Hans, enterrons-le vite et repar-tons, vous voulez bien ?

La Bête acquiesça doucement, ravala un sanglot, et commença de creuser le sol de ses mains. Mais elle se redressa soudainement, prise de panique :

— Où sont les autres ?... Hans, ils sont partis en avant, il ne faut pas !

À la hâte, Hans remonta en trombe vers les autres enfants : « *Attendez, non, c'est dangereux !* » Une fois arrivé aux gamins pressés d'échapper à leurs tortionnaires, il tenta avec des gestes de leur faire comprendre le danger des mines disséminées sur le sentier...

Comprenaient-ils seulement ?

* * *

Les plus grands d'entre eux, eurent très vite conscience du danger des mines invisibles sous l'humus. D'une petite dizaine d'années, il y avait un garçon et deux jeunes filles, qui aidaient comme ils pouvaient leurs cadets affaiblis ou blessés, ou bien qui leur faisaient la leçon en les rappelant à la prudence et au silence. Néanmoins, c'était à Hans ou à la Bête, de faire de perpétuels aller-retours pour récupérer les retardataires, toujours plus faibles, et les aider à revenir vers l'avant.

Quand ils le pouvaient, ils se désaltéraient à l'eau des ruisseaux, ou bien croquaient quelques baies que reniflait d'abord la Bête. Mais après des semaines, voire des mois de privation dans le camp S-137, les enfants étaient tous à bout de force ; de surcroît, tous souffraient de mauvais traitements, de coups, voire de plaies ouvertes. Alors si les quelques minutes de repos qu'ils pouvaient s'accorder de temps à autre n'étaient pas inutiles, ça ne leur rendait pas, pour autant, toute leur vigueur.

La Bête les prenait alors dans ses bras, caressait leurs joues ou bien nettoyait leur visage et leurs blessures avec des morceaux de tissus arrachés à ses vêtements. Sa magie calmait leurs douleurs, mais en tout état de cause, ni elle, ni Hans ne pouvaient leur accorder plus de repos que le strict nécessaire.

Les heures passaient ainsi sous une tension extrême et l'après-midi avançait à grands pas quand, alors que Hans rejoignait la Bête pour la nième fois à l'avant de la troupe, il la trouva, immobile, le regard porté vers leurs arrières :

— Ils vont plus vite que nous, dit-elle en gardant ses yeux fixés vers un point invisible de la végétation, je crains qu'ils nous rattrapent avant notre rendez-vous de ce soir !

À son tour, Hans se retourna vers la vallée :

— Mais qui ça ?

— Les Khmers... Tu avais raison Hans, ils sont à nos trousses.

Lui, n'entendait rien, ne voyait encore rien, mais le regard sombre et inquiet de la Bête en disait assez pour que son cœur se serrât : « *Bon, ça veut dire qu'à partir de maintenant, nous ne pouvons plus nous arrêter !* »

* * *

Ils redoublèrent d'efforts. Malgré les sourires et les mots d'encouragement, les enfants sentaient bien l'inquiétude qui grandissait chez les adultes. Alors, ils sautillaient comme ils pouvaient pour maintenir la cadence, couraient dès qu'ils en avaient l'occasion, mais au risque de chutes continuelles, et de nouvelles blessures sur la végétation hostile.

Hans et la Bête n'avaient plus de temps pour se mettre à genoux devant celui qui pleurait ou qui s'était ouvert la main sur les épines. Et même s'ils avaient voulu les prendre au passage dans leurs bras, voilà qu'ils étaient déjà occupés par les plus faibles d'entre eux, les tout-petits, les malades ou les blessés, et ceux dont la tête tombait déjà d'épuisement sur leurs épaules.

Alors Hans et la Bête s'échangeaient des regards inquiets, désespérés de ne pouvoir se baisser pour relever celui qui ne pouvait plus marcher. Heureusement, les plus grands accouraient, échangeaient quelques mots avec leurs cadets, et la troupe pouvait reprendre sa fuite en avant.

Mais leur zèle ne suffit pas : Hans blêmit quand il se retourna sur ses pas, et qu'il aperçut, au loin, une troupe d'une dizaine de soldats en noir. À son tour, il conclut que leur groupe n'avait pas plus d'une heure ou deux d'avance sur les Khmers.

Alors ils se chargèrent d'un maximum d'enfants, et enjoignirent les autres de courir toujours plus vite à leurs côtés.

Mais ce qui devait arriver arriva, l'un des jeunes qui courait plus vite que le groupe échappa à l'attention de Hans et de la Bête. Ils s'en rendirent compte quand une mine explosa à une dizaine de mètres au-devant d'eux.

La Bête poussa un cri qui déchira le calme de la forêt !

Elle déposa aussitôt ses petits et courut à l'avant. Hans lui aussi se précipita, et parvenu à elle, il la trouva agenouillée devant le corps ensanglanté, mutilé... et déjà sans vie du jeune garçon.

Elle avait détourné son regard : « *C'est pas vrai, c'est pas vrai...* » et pleurait dans ses mains.

Hans la prit tout de suite par les épaules :

— On ne peut plus rien... mais il ne faut pas rester ici, ils sont tout près et ont certainement entendu l'explosion.

— Quelle horreur, mais à quoi bon vraiment ?

— C'est pour les autres que nous faisons ça... Regardez... mais regardez-les donc... Ils ont besoin de nous...

Il la secouait, et d'un bras tendu, il lui montrait les sept enfants qui s'étaient rassemblés autour d'eux, le regard vide de fatigue, de lassitude, incapable maintenant de la moindre expression.

Alors, en posant sa main sur la joue de la Bête, Hans articula encore :

— On en a la charge !

Elle ne savait plus que dire. Elle lui avait reproché son manque d'entrain, ses réticences à peine masquées pour cette mission, pour ce sauvetage. Mais son Hans, ce jeune homme tranquille et casanier, l'avait suivie, il était là, et c'était lui qui, maintenant, la tirait en avant !

— Tu as raison ! dit-elle tout en ravalant ses sanglots. Puis elle rassembla des feuilles et les branches pour la plus petite et la plus sommaire des sépultures qu'elle pouvait offrir à l'enfant.

* * *

Heureusement, à partir de là, la pente semblait plus douce : la frontière ne devait plus être très loin ! Néanmoins, ils devaient absolument tenir la distance devant leurs ennemis qui approchaient toujours plus.

Et en effet, dans leur dos, ils pouvaient maintenant entendre la voix des chefs khmers qui aboyaient leurs ordres, et soudainement, leurs soldats firent feu d'une longue salve de mitraillette.

Les enfants crièrent quand les balles passèrent dans la végétation au-dessus de leur tête, des tirs répétés qui devaient sûrement vouloir intimider les fuyards, les ralentir, voire les arrêter. Mais le petit groupe continua de courir sous les balles qui passaient encore dans le couvert végétal, déchiquetant les arbres, arrachant mille éclats de bois qui volaient jusqu'à eux.

Sans cesse, Hans avait un œil sur chacun des enfants : deux dans les bras de la Bête, deux autres dans les siens, il devait y avoir encore trois autres entre eux. Mais, alors qu'il se protégeait des éclats, dans la confusion, il ne vit pas que l'un des gamins avait glissé sur la boue, chuté, et s'était retrouvé à l'arrière.

C'est seulement de longues secondes plus tard, que la Bête prit conscience qu'il manquait un des garçonnets. Elle laissa alors ses tout-petits, et courut sur le sentier à sa recherche ; elle passa même en trombe devant Hans qui lui criait de revenir...

Mais qu'à cela ne tienne !

Quand elle retrouva l'enfant, celui-ci était assis sur le chemin, recroquevillé sur lui-même et tétanisé par les tirs de mitraillette.

Mais à peine s'arrêtait-elle près de lui, qu'un soldat khmer, tout de noir vêtu, arrivait au bout du chemin !

D'un bond, la Bête plongea sur le côté, entraînant l'enfant avec elle pour aller se blottir contre un arbre, dans l'espoir que le Khmer ne les vît pas. Hélas, ce tronc d'arbre se révélait à peine assez large pour masquer leur présence, et dans son dos, la Bête pouvait entendre les pas du jeune soldat qui s'approchait...

Elle arrêta sa respiration, serrant l'enfant contre son corps, écoutant derrière elle... Et c'est alors qu'apparut Hans qui courait en sortant du virage à toute allure... et qui planta ses talons dans la boue du chemin dès qu'il aperçu le soldat à moins de quinze mètres de lui !

La Bête tressaillit, et d'effroi elle serra ses doigts sur les épaules du petit garçons.

Hans s'était arrêté net. À quelques pas il pouvait voir la Bête et l'enfant contre leur arbre, la peur se lisait sur leur visage, et un peu plus loin, le soldat qui ramenait à lui la mitraillette qu'il tenait en bandoulière.

Dans le même temps, Hans, lui aussi, avait porté sa main dans son dos, pour saisir le pistolet à sa ceinture. Mais dans l'intervalle, le soldat avait ouvert le feu en catastrophe !

Un torrent de balles passèrent tout autour de Hans pour se perdre dans le feuillage. Le jeune militaire, paniqué et ayant manqué de maîtriser le recul de son arme, se retrouvait dans l'impossibilité d'ajuster son tir. Alors il balayait tout devant lui, vidant le chargeur de sa *AK-47* en une rafale ininterrompue.

En face, Hans prenait un temps suicidaire pour ajuster le soldat au bout de son canon, bloquer sa respiration alors que les balles s'approchaient et filaient toujours plus près de ses oreilles... Il ne fit feu qu'une seule fois...

Et le silence revint.

La Bête bondit vers lui, les mains en avant comme si elle s'attendait à retenir son homme de s'écrouler à terre... C'est qu'il était blanc, livide ! Elle le prit dans ses bras, le serrait fort, lui, qu'elle avait vu, horrifiée, sous le déluge d'un feu meurtrier, une pluie de plomb déchiquetant la forêt... et tout ça pendant un temps qui lui avait semblé être une éternité.

— Oh ! Hans, mon Hans, tu n'as rien ? disait-elle en le couvrant de baisers.

Mais il ne répondait pas ; en tremblant, il avait baissé son arme et pouvait enfin s'autoriser à prendre une première, et profonde inspiration. Inquiète de son silence, la Bête se recula pour l'examiner de partout : mais il n'y avait pas une tache de sang, rien... son Hans, son homme, n'avait rien !

—Je... je crois que ça va, prononça-t-il enfin, mais venez, ne traînons pas ici !

Il la prit par la main et tous les trois coururent vers les autres qui les attendaient plus haut... et qui s'étaient regroupés autour de l'un des leurs : la plus grande des jeunes filles : elle avait reçu une balle en plein dans le dos... ces balles qui avaient épargné Hans quelques secondes auparavant, ne s'étaient pas toutes perdues dans leur course à la mort.

— Oh non, non non, se lamentait la Bête qui se penchait vers le corps.

— La balle lui a traversé le cœur, on ne peut plus rien pour elle, faisait Hans en la retenant.

La Bête ne savait plus que faire, se révoltait alors que Hans la tirait à lui, et que les tirs reprenaient dans le feuillage.

Sous ce bruit d'enfer, elle se laissa enfin conduire en pleurant ; Hans se chargea des plus petits, et prit les devants de leur course folle.

* * *

Et ils coururent encore, de longues minutes d'une fuite à l'aveugle en faisant fi des mines éventuelles sur lesquelles ils auraient pu poser le pied. Non loin derrière, leurs poursuivants y allaient franchement en arrosant régulièrement la forêt du contenu de leurs armes.

La Bête avait fini par revenir à l'avant de la troupe. Ouvrant le chemin de son corps qu'elle précipitait dans les branches, les feuilles et les épines. Ses vêtements étaient arrachés, ses bras saignaient ainsi que tout son dos. Hans n'était pas dans un meilleur état. Il ne pouvait que courir, les bras alourdis par le plus d'enfants qu'il pouvait porter.

En jetant des regards à droite et à gauche, ils découvrirent avec effroi les silhouettes noires des Khmers qui s'étaient dispersés tout autour d'eux dans le but de les prendre en tenaille.

Alors le petit groupe s'arrêta. D'un pas résolu, Hans s'approcha de la Bête en lui faisant signe de se mettre à genoux. Les enfants étaient morts de peur et les plus petits tremblaient comme des feuilles.

— Ils ne sont pas loin de nous encercler, lui dit-il à voix basse.

— Nous sommes à la frontière ?

— Il me semble bien, mais que leur importe... Si vous pouviez...

Elle le regarda, inquiète... Il continua encore dans une supplique :

— Vous savez, on aurait bien besoin que vous...

Mais elle l'interrompit :

— Non... s'il te plaît non, je ne veux pas... les enfants, je ne veux pas être ça pour eux.

Il insista en regardant dans la direction de leurs ennemis :

— Ils vont nous laminer... ça serait bien le moment !

Mais elle baissait les yeux, au bord des larmes, et sa voix se faisait toute petite :

— S'il te plaît Hans, ne me demande pas ça... S'il te plaît.

Elle allait fondre...

Alors il la prit dans ses bras : *« Bon c'est d'accord... on va trouver une autre solution... Venez, on va se blottir dans ce fossé-là. Ils nous passeront autour sans nous voir et on gagnera du temps ».*

Ils se relevèrent, invitèrent les premiers gamins à plonger sous le couvert de hautes herbes qui masquaient une crevasse naturelle, assez grande et assez profonde pour cacher tout le petit groupe. Puis la Bête s'y engagea à son tour :

— Les enfants, passe-moi les autres enfants, faisait-elle paniquée, les bras tendus vers Hans.

Il lui passa le premier, mais...

— Mais il en manque un !... dit-il en cherchant autour de lui.

Et il eut juste le temps d'apercevoir une fillette, totalement prise de panique, qui courait au-devant des Khmers.

La Bête se hissait hors du fossé alors que la petite fille disparaissait déjà au bout du chemin :

— Reviens, non, reviens, criait-elle sans oser pousser sa voix.

— On ne peut plus rien, faisait Hans en la repoussant, sinon, c'est tout le monde qu'on va mettre en danger.

De force, il la fit redescendre dans le fossé : *« Elle va en réchapper, faites-lui confiance ! »* puis il se glissa à son tour dans la fosse en prenant soin de masquer l'ouverture avec un maximum de feuillage.

* * *

Autour de leur trou, les coups de feu sporadiques se faisaient toujours plus proches, toujours plus nombreux. Ça claquait de partout et les cinq enfants encore avec eux grimaçaient quand leurs tympans se vrillaient sous les tirs.

Hans et la Bête les prirent dans leurs bras, couvrant la bouche de ceux qui auraient voulu crier.

Mais, un petit garçon ne put résister à l'insupportable panique : il s'échappa et rampa, plus vite qu'un lapin, vers l'autre bout du fossé. La Bête s'allongea et tendit le bras pour le rattraper *« Non, non, reviens... »*

Mais Hans avait bondi sur elle, et de toutes ses forces, il la serrait dans ses bras pour l'empêcher de suivre le même chemin vers la mort. Sous son corps, il sentait toute la rage et les spasmes de la Bête, comme en écho du terrible combat qu'elle menait en elle entre le monstre et la Femme...

Il se demanda même une seconde s'il n'allait pas, finalement, la libérer de son étreinte pour lui laisser devenir ce monstre qui, la veille, les avait sauvés, lui et les militaires. Mais au moment où il écartait ses bras, ne restait que les pleurs silencieux de la Bête, des sanglots ravalés d'un terrible déchirement qui secouait tout son corps.

Au-dehors, il y eut de nouvelles rafales de mitraillette, et ces balles qui fracassaient les troncs d'arbres... et les anonymes petites feuilles de vies humaines.

Et puis la lumière se fit : quelqu'un vint dégager les branches au dessus de leur tête... Épouvantés, ils purent voir le visage satisfait d'un jeune soldat khmer à l'autre bout de son fusil. La Bête serra alors très fort contre elle ce qui lui restait d'enfants...

* * *

Mais il y eut comme un gros souffle...
Un coup de vent !
Une onde de choc, sourde et silencieuse qui emporta le soldat comme un fétu de paille.
Et puis une intense déflagration qui illumina tout le ciel.
Autour de leur fossé, ce ne fut alors qu'une seule et immense flamme et une lumière intense ; les enfants hurlèrent et Hans et la Bête se jetèrent sur eux pour les protéger de la chaleur de ce qui semblait être l'explosion d'une bombe au napalm américaine.
Le tremblement de l'air était intense, un chalumeau ouvert contre les oreilles ; et pour Hans, qui jetait un

œil effrayé sur le côté, il lui sembla un instant que c'était toute la forêt qui crachait d'étranges flammes, verticales, hautes comme un immeuble... Des flammes bleues !

Rien à voir avec du Napalm !

Après quelques secondes terribles, insoutenables, la chaleur de l'incendie parut devenir enfin supportable. Hans se redressa lentement, écarta prudemment les quelques branchages qui n'avaient pas été emportés, et sortit la tête hors de son trou.

La Bête en fit autant.

Tout autour d'eux, s'élevait un front de flammes étranges, pâles, qui semblaient sortir d'à même la terre, comme si une poche de gaz souterraine s'était enflammée, et dont le flamboiement bleuté s'élevait jusqu'au ciel... Sauf que ces flammes, formant un cirque majestueux, paraissaient froides !

Sidéré, Hans se tourna vers la Bête : elle lui faisait un signe du menton tout en regardant devant-elle, quelque part au cœur de l'étrange brasier... au loin, où était la silhouette du Diable, avec sa cape qui dansait dans les flammes, son haut-de-forme sur la tête, et sa canne sur laquelle il s'appuyait en patientant.

* * *

Les flammes se tarirent rapidement et le silence se fit dans l'immense clairière étrangement façonnée par l'incendie qu'avait allumé Satan en personne.

Le petit groupe sortit de son trou. Tranquillement et sans un mot, Hans et la Bête prirent chacun un enfant dans leurs bras, puis avec les deux autres, marchèrent vers le Diable qui semblait bien les attendre.

Autour d'eux, tout avait brûlé, il ne restait qu'un parterre de cendres grises et lunaires... mais déjà froides. Ici et là émergeait encore une branche plus grosse que les autres dont il ne restait que le charbon, le bras calciné d'un soldat ou encore le canon de son fusil, tordu par la chaleur de cet étrange coup de feu.

Marchant prudemment dans les cendres qui volaient sous leurs pas, ils s'arrêtèrent à quelques mètres du maître des enfers. Celui-là ne disait rien et aucun sentiment ne paraissait vouloir émerger de son regard.

Hans déposa à terre le petit qu'il tenait dans ses bras et qui, devant ce personnage étrange, préféra rester collé à ses jambes.

— Maître, commença la Bête, j'avais pensé que *Siegfried* vous aurait demandé plus de temps.

— J'ai écourté, ça n'en valait décidément pas la peine.

La Bête prit un petit moment pour débarrasser son petit des traces de boue qui maculaient ses joues, et lui murmura quelques mots rassurants avant de le déposer à terre. Puis en se relevant vers son maître, elle ajouta avec lassitude : « *J'en suis heureuse* ».

C'est le Diable qui entreprit de faire les derniers pas qui le séparaient du petit groupe. Il vint même s'accroupir devant les enfants en les regardant un par un. Et puis devant la jambe ensanglantée de l'un d'entre eux, il avança sa main gantée... Mais par peur, le petit recula jusqu'à s'arrêter sur Hans.

— N'aie pas peur mon garçon, dit ce dernier pour le rassurer.

Alors Satan s'avança une nouvelle fois, pour effleurer de sa main la jambe du gamin. Et la voilà qui redevint lisse et belle comme toute peau de jeune enfant. Un clin d'œil à l'attention du petit qui avait les yeux grands ouverts sur ce miracle, puis le Diable prit un autre dans ses bras, et avec des mots très tendres dans sa langue maternelle, passa ses gants blancs sur ses plaies pour les effacer une à une.

Sur ce tapis de cendres, ne restait donc que quatre enfants survivants, se tenant l'un à l'autre, quelque peu effrayés par l'étrange bonhomme qui se penchait vers chacun d'entre-eux pour faire disparaître leurs blessures

* * *

La Bête s'était retournée vers Hans et, ne pouvant retenir ses larmes, leva une main incertaine vers la bouche de l'homme. Ses doigts se posèrent sur ses lèvres qu'elle caressait ainsi en tremblotant :

— Mon Hans, j'avais besoin de toi et tu m'a suivie sans poser de question, tu m'as aidée comme tu l'avais promis, et tu m'as sauvée au péril de ta propre vie...

À côté d'eux, le Diable semblait se rabibocher avec les quatre gamins, à qui il apportait, un à un, ses soins et du réconfort : il avait laissé son chapeau à ces deux-là qui riaient quand leur petite tête disparaissait dessous, et sa canne à ces autres qui s'amusaient avec comme avec un fusil.

Hans sentait toujours les doigts de la Bête qui dansaient avec hésitation sur ses lèvres, qui lui disant beaucoup plus que ses paroles. Elle était comme brisée, au bord de l'effondrement... ou de la colère :

— Je... je voulais avoir dans mes bras la vie à son commencement, disait-elle avec hésitation, et je n'ai porté que la mort.

— Mais non, répondait Hans en se voulant rassurant, la mort n'est pas venue de vous, regardez plutôt ceux que vous avez sauvés.

Mais ses larmes la submergeaient.

— Quatre, ils ne sont plus que quatre. J'en ai perdu tellement que si je n'avais rien fait, peut-être seraient-ils tous encore en vie.

Dans ses pleurs, sa voix se faisait colère ; alors Hans la prit dans ses bras :

— Alors soyez la bienvenue dans le monde des hommes... et leur vanité.

Mais elle s'en échappa, haussa le ton :

— Alors je déteste ce monde !

— Non je vous en prie...

Mais elle le repoussait et criait :

— Ce monde, c'est une horreur, moi, je ne peux pas !

— Je vous en prie, ne cédez à la colère, vous... vous allez perdre...

— Et qu'est-ce que je vais perdre hein ? l'interrompit-elle, qu'est-ce que je vais perdre que je n'ai déjà perdu ?

— Mais ce que vous avez gagné : votre liberté, la liberté d'être ce que vous voulez être !

— À quoi bon alors ! disait-elle en pleurant vers le ciel, non mais regarde ce gâchis, regarde ceux qui sont morts parce que j'ai cru, moi, pouvoir les sauver.

— Et ça n'est pas votre faute, vous ne pouviez pas plus !... à nous deux, on ne pouvait pas faire plus.

Elle renifla profondément, baissa le regard qui devint alors plus sombre :

— Je vois où tu veux en venir, rajouta-t-elle avec une voix qui se faisait aussi plus grave, et tu avais raison, Hans : j'aurais dû rester une Bête et les tuer tous. Les enfants seraient tous vivants, ça n'aurait pas été ce désastre... Et c'est de ma faute, tout ça, c'est parce que j'avais espéré devenir... autre chose.

Hans avait beau tendre les bras vers elle « *Non... Vous avez fait votre possible* », la Bête s'opposait, reculait, s'éloignait. Elle ressuyait ses larmes comme elle pouvait, reniflait, piétinait en tournant en rond.

Puis elle finit par aller vers le Diable, à quelques mètres de là, qui portait dans ses bras le plus petit des enfant dont il masquait les yeux pour qu'il ne vît pas cette scène qu'il semblait réprouver. Et loin de s'arrêter devant son maître, la Bête passa à côté de lui en disant sèchement : « *Je sais !* »

Et puis, d'un pas résolu, et en frappant la poussière, elle s'éloigna dans les cendres et les fumerolles de la clairière.

— Je n'ai rien dit ! répondit doucement Satan qui la suivait du regard.

Mais froidement, la Bête pointa son doigt en l'air :

— Moi si : *maudits soient les dieux !*

— Ah ne blasphème pas ! s'insurgea aussitôt le Diable, Dieu n'est pour rien là-dedans et tu...

— SI !

Et sous leurs yeux, elle entra dans les fumées les plus denses, dans des nuées qui se mirent à tournoyer tout autour d'elle en l'enveloppant totalement... Ça ne dura qu'une seconde pendant laquelle la Bête disparut...

Pour ne point reparaître.

Hans se précipita : « *Non, ne partez pas !* » et il entra dans la fumée, espérant la dissiper par de vains brassages de ses bras, tournant sur lui-même, et revenant encore la chercher partout dans le brouillard.

Derrière lui, Satan restait impassible, ainsi que l'étaient les quatre enfants ramenés sains et saufs. Tous regardaient l'homme qui appelait la jeune femme en s'époumonant...

Jusqu'à fléchir sur ses genoux, la tête dans ses mains, en appelant encore sa Bête évanouie dans les nuées.

Alors le Diable se rapprocha, lui tapota dans le dos et d'une petite inclinaison de la tête, l'invita à marcher un peu avec lui au cœur du champ de cendres.

* * *

Tous les deux avançaient lentement, dans l'étrange clairière et la poussière de ce que Hans considérait lui aussi comme une tragédie.

Satan avait toujours le plus petit dans ses bras. À leurs pieds, les plus espiègles avaient déjà déchiré la couronne du haut-de-forme, qu'ils soulevaient comme un couvercle de boîte de conserve, et la plus grande s'amusait à faire pousser des parterres de fleurs multicolores en tapotant de la canne magique dans les cendres.

— Il faut lui pardonner, disait Satan comme s'il prenait sur lui les excès de sa Bête, Dieu n'est pas coupable, nous le savons bien toi et moi !

— Tout compte fait, c'est peut-être elle qui a raison ! répondait Hans.

— *Shut-up !* Comment peux-tu dire ça l'homme ?

— Mais comme ça, répondit-il avec énervement avant de lever sa voix au ciel : « *Tu entends toi, c'est toi le coupable, coupable de tellement des malheurs des hommes !* »

— Chut, non mais tais-toi ! faisait le Diable en tapant du pied dans les cendres.

Et quand Hans recouvra son calme, le Diable le réprimanda vertement :

— Ce sont tes prières que tu devrais lui adresser.

Hans lui sourit :

— Mais c'étaient mes prières !

Alors Satan, avec malice, fit danser son doigt devant l'homme :

— Oh mais, méfie-toi l'homme, crains donc de venir me voir !

— Je ne plaisantais qu'à moitié, ne vous inquiétez donc pas pour moi, je crains plutôt pour elle.

Et les deux reprirent leur lente marche en compagnie des enfants :

— Je suis aussi inquiet que toi, l'homme : la pauvrette ne se sent plus à sa place nulle part, et bientôt, je la vois quitter les enfers et disparaître.

— Disparaître ?

— Eh oui, c'est une créature sans âme. Elle ne pourrait demeurer nulle part si elle ne devait plus rester *la Bête,* gardienne des enfers.

Il répéta encore une fois devant Hans qui s'était arrêté :

— Tu m'as compris l'homme ?

Ce dernier opina de la tête, et le Diable finit par lui dire :

— Quelqu'un arrive pour toi, je vais pouvoir te laisser avec tes enfants.

Alors que Hans portait son regard vers l'orée du bois, Satan se pencha pour récupérer sa canne en échange d'une tendre caresse sur la joue de la petite fille, ainsi que son chapeau qu'il replaça sur sa tête en provoquant l'hilarité de tous les enfants.

— Ça m'a fait plaisir d'être avec eux, dit-il enfin, il n'y a pas d'enfant chez moi et tu sais bien pourquoi. Adieu, l'homme, regarde : tes amis arrivent.

Hans se retourna encore une fois : et en effet, Chomsky sortait des bois, bientôt suivi des soldats Reed et Turner.

Il s'inquiéta une seconde de la présence inopportune de Satan à ses côtés, mais il découvrit seulement que ce dernier avait disparu... Dans son dos, ne restaient que les enfants, médusés.

Chapitre VII

Le doute et les questions

Aux enfers, il n'y a ni vent, ni pluie, ni soleil, rien qui, par la force du temps et des éléments, serait à même d'émousser les arêtes d'un bloc de granite qui en émergerait en son centre. Pourtant, le seul promontoire de roches qui s'impose en son cœur, se trouve avoir toutes ses surfaces comme polies par les attaques de la nature : il n'y a plus d'arêtes vives, ni même la moindre aspérité minérale qui vous érafle la peau. Tout n'est que rondeurs sous des surfaces douces et incroyablement lisses.

Alors s'il n'y a jamais eu de pluie pour dissoudre les grains de quartz, il y en a quand même eu assez pour les araser ; s'il n'y a jamais eu de vent pour en emporter le sable, il y en a eu assez pour en retirer des sacs entiers... Et s'il n'y a jamais eu de tempête pour polir les faces du granit, il y en a quand même eu assez pour donner à ces blocs le plus parfait des polissages !

Sous le joug de l'éternité des enfers, *l'infiniment peu* des éléments à l'œuvre devient pesant, et parvient quand même à construire de remarquables sculptures minérales, tellement le temps est infiniment long...

Long, au point que tous ceux qui résident ici, ces âmes damnées qui passent une perpétuité silencieuse devant un horizon immuable qui ne changera jamais, tous vous le diront : le temps n'existe plus. Alors, sous leur cape d'argile ils se drapent de patience, parce que sur la durée de l'éternité, *jamais* finit toujours par se répéter.

* * *

Le petit grillon le sait, lui qui n'ose pas s'approcher du bord du promontoire d'où il attend le retour de la Bête des enfers : celle-là, pour qui, il a appris à sourire, à applaudir, à en recevoir les confessions, les joies et les peines, ainsi que la douce caresse de ses doigts sur ses antennes.

Elle s'était absentée ! Il l'attendait avec excitation, en écoutant venir du lointain, le chant de la perche du Charon brisant l'onde silencieuse du Styx. Voilà bien longtemps que c'était la seule musique qui signait ses retours : finis les rugissements dès qu'elle débarquait ; terminés ses hurlements pour asseoir son autorité parmi les âmes, ces manifestations sonores de la Bête qui le faisait, lui le petit grillon, rentrer et se blottir au plus profond des failles. Dorénavant, c'est son gazouillis qu'il entendait en premier quand elle débarquait ; des chansons, ramenées de là-haut, et sa douce voix adressée avec tendresse à quelques-unes de ses âmes.

Alors il frémissait déjà de la revoir, stridulait à n'en plus finir, tournoyant sur lui-même et sautillant sur place... Il en est même tombé du promontoire pour avoir oublié combien la roche était glissante.

Mais quand, ce jour, il entendit un terrible rugissement, il en resta pétrifié et incrédule !

Était-ce une autre bête qui arrivait ainsi ?

Et puis il y eut un autre hurlement, et un troisième. Des cris de rage et de colère. C'était bien elle dont il reconnaissait quelques intonations noyées dans des hurlements barbares. Mais il la devinait qui s'était transformée en Bête dans sa plus terrible apparence. Il la voyait frapper, briser, déchirer tout autour d'elle.

Depuis son promontoire, il pouvait voir les âmes qui volaient sur son passage.

Et le passeur du Styx, lui-même, avait rapidement fait demi-tour...

* * *

Plus tard, quand la Bête fut de retour sur son rocher, le petit grillon s'était réfugié à l'écart dans son abri, au fond d'une faille. De là, il pouvait l'observer, noire et écailleuse, accroupie au bord du promontoire où elle ruminait de sombres pensées.

De temps en temps, apparaissaient ses griffes, en même temps que, du fond de sa gorge, sortait un sourd feulement de Bête. Sur elle, se faisait voir parfois un morceau de peau, alors elle se mettait à sangloter : elle parlait d'enfants, de son Hans... Sous l'eau de ses larmes, elle se faisait toute petite, ses griffes rentraient, et sa peau redevenait lisse.

Pendant très longtemps, la Bête oscilla entre colère et désespoir. Si bien qu'un jour, le petit grillon osa sortir de sa cachette, et entreprit de s'approcher d'elle tout doucement, avec mille détours et hésitations... jusqu'à se poster au-devant d'elle.

Quand les yeux, toujours rouges, de la Bête le virent ainsi, elle se cacha derrière son bras.

— Non, non... ne me regarde pas, va-t-en !

Mais lui décida de s'asseoir, et d'attendre.

Il n'était pas cet homme, son Hans, qui aurait pu trouver les mots pour elle et la prendre dans ses bras. Lui, le petit grillon, n'avait que... sa toute petite présence.

Ainsi, il la vit dans ses terribles changements d'humeur, dans ce combat qu'elle menait au fond d'elle entre un désir de douceur, et la colère. Quand elle y cédait, son poing s'abattait violemment sur la pierre, faisant trembler le promontoire, et ses griffes en rayaient profondément le granit.

Mais le grillon ne bougeait pas.

— Le monde d'en haut ne vaut pas mieux qu'ici, disait-elle parfois.

Et puis en pointant son menton vers la plaine devant-elle, constellée des tas d'âmes humaines sous leur manteau de boue, elle rajoutait encore :

— C'était illusoire d'espérer être autre-chose, même en essayant d'être quelqu'un de bien, on ne fait que du mal. Je n'ai pas fait mieux que ce tortionnaire de Sok Chea.

Ce Sok Chea la fascinait toujours plus. Elle avait de longs moments où son regard était plongé vers le lointain, dans la direction où cette âme damnée était plantée sur la boue des enfers. Elle restait ainsi immobile, comme si là-bas étaient les réponses, comme si c'était lui, la clé de ses propres tourments.

Au point qu'un jour, elle déclara après un petit rire : « *Si ça se trouve, il n'a pas fait pire que moi* ».

En l'entendant, le grillon eut un hochement de sa petite tête. La Bête le regarda, baissa les yeux, et après une longue réflexion, se redressa en inspirant très fort un air de dignité : « *Je dois aller le voir* ».

Aussitôt, le petit grillon sauta sur place ! Il tournoyait, stridulait comme une sirène d'alarme : « *Non !* » Aller auprès de ce criminel était la dernière chose à faire. Mais la Bête descendit quand même les marches de son rocher, et comme un condamné marchant vers le peloton d'exécution, elle partit pour les terres les plus reculées des enfers.

* * *

Quand elle arriva dans le fossé où elle avait laissé l'âme maudite de Sok Chea, ce dernier se tenait toujours au même endroit, immobile sous sa couverture de glaise.

Effrayée ou fascinée, la Bête descendit le rejoindre, et se posta devant lui en s'adossant au mur de terre qui en faisait le trou. Elle attendit longuement en regardant, bras croisés, ce tas de boue informe et pitoyable.

Sous son manteau, Sok Chea finit par se douter de sa présence, alors il souleva un peu sa couverture, écarta le voile lourd, jusqu'à laisser apparaître son visage : une figure émaciée, mais avec des yeux noirs, pleins de défiance quand ils aperçurent la Bête.

Pour elle, ce visage, ces yeux, lui rappelaient tellement de souvenirs, de frayeurs et de haine... Mais elle se retenait encore dignement, et expira calmement un :

— Je suis venue vous dire que vous avez gagné !

Sok Chea était inexpressif, les yeux vides relevés vers elle, qui poursuivit :

— Oui, vous et les vôtres, avez réussi à créer un monde de démons.

Il eut un premier petit sourire.

Alors la Bête respira encore plus profondément, et se pencha vers lui :

— Vous pouvez être content ! D'ailleurs, vous mériteriez bien d'aller plus loin !

Et elle inclina sa tête vers les ombres, les horizons toujours plus sombres et obscurs des enfers. Mais comme il ne rajoutait rien, elle s'approcha toujours plus de son visage, sa voix tremblait :

— Oui, plus loin : là où il fait encore plus froid, plus noir, plus seul !

Elle se tenait là, devant ce visage cadavérique, à portée de postillons qu'elle ne se retenait pas de lui envoyer. Mais lui, sans manifester le moindre débordement, se contenta de jeter un œil sur le côté, puis, en grand maître du jeu, fit un très lent « *non* » de la tête.

La Bête avait du mal à calmer sa respiration, à empêcher les écailles d'apparaître sous sa peau, à garder ce semblant d'*humanité* qui se battait en elle avec sa propre colère, pour lui conserver encore une petite place dans son cœur.

— Très bien, alors... restez seul ! finit-elle par balbutier.

* * *

Elle n'avait rien obtenu... rien !

Mais savait-elle seulement ce qu'elle était venue chercher ?

C'est que l'humanité qu'elle avait lentement cultivée en son sein au côté de son homme, lui avait procuré un talent indicible —ou plutôt était-ce un handicap— :
Le doute et les questions...
Cette capacité offerte par le *temps* —le temps de ceux qui sont vivants—, de revivre les événements, de rejouer leurs choix, de se demander constamment s'ils ont bien fait... et de partir, dans leur for intérieur, à la recherche de ce qu'ils ont mal fait !

La Bête était revenue pétrie de doutes et de questions sans réponse.

À ses dépens, elle apprenait combien l'être humain n'est pas une machine à réponses —comme si la science pouvait rapprocher de Dieu—, mais un étrange jardin de questions, qui naissent au gré du temps, fleurissent, ou bien se fanent faute d'être arrosées.

Perdue dans ses contradictions, la Bête allait s'en aller quand Sok Chea lui sourit encore plus, allant jusqu'à découvrir des dents affreuses et moqueuses, des dents dont il aurait pu dire : « *Je les ai plantées dans la chair de ces enfants...* » Et d'ailleurs, la Bête n'entendait que ça, ne voyait que ça... ces mots silencieux qui lui perforaient le cœur.

Alors, ce qui lui restait d'humanité sombra définitivement : n'y tenant plus, perdant conscience du dessin qu'elle avait dessiné pour elle-même, elle se rua sur Sok Chea !

Et jusqu'au bout des horizons, on put entendre son hurlement.

Les mânes des enfers, et même les plus éloignés, purent voir avec effroi l'âme de Sok Chea, déchirée et projetée dans les airs avant que ses lambeaux ne retombent épars, pour être encore plus lacérés et jetés toujours plus haut, toujours plus violemment, dans le ciel de leur géhenne.

Sur son promontoire, le grillon se lamentait : sa Bête, sa jolie Bête qui jusqu'à ce dernier voyage, s'essayait au maquillage, à la mode et à tout ce qui aurait pu la rendre jolie et aimable... Sa Bête qui lui demandait son avis de petit grillon sur sa nouvelle robe, qui l'invitait à coudre une petite fleur sur sa chemisette, à humer avec elle un nouveau parfum de roses discrètement ramené depuis *l'autre côté*, sa Bête...

...avait renoncé.